MW01633343

EVEREST
1706

NEVŞİN MENGÜ

Lisans eğitimini Bilkent Üniversitesi Siyaset Bilimi bölümünde, yüksek lisans eğitimini de Galatasaray Üniversitesi'nde "Türkiye Üzerine Toplumsal İncelemeler" ile tamamladı. Mesleğe Kanaltürk'te başlayan Nevşin Mengü, Habertürk'te ve *Hürriyet* gazetesinde çalıştı. Bir yılı aşkın bir zaman İran'ın Başkenti Tahran'da TRT Türk büro şefliği yaptı.
Yakın zamana kadar CNN TÜRK'te hafta içi her gün Ana Haber'i hazırlayıp sundu. Şimdi *freelance* gazeteci olarak çalışıyor. *BirGün* gazetesine, *Bavul* ve *Socrates* dergilerine yazıyor. *Deutsche Welle*'ye haftalık röportajlar yapıyor. *XOXO* dergisinde etkin kadınlarla röportajlar gerçekleştiriyor. Dayanıklılık sporlarıyla yakından ilgilenen Nevşin Mengü, "Maraton" ve "Ironman" yarışlarında yarışıyor.

NEVŞİN MENGÜ

İNSANIN DÜŞÜNMEKTEN CANI YANAR MI?

§

Yayın No **1706**
İnceleme **73**

İnsanın Düşünmekten Canı Yanar mı?
Nevşin Mengü

Editör: Mehmet Said Aydın
Kapak tasarımı: Füsun Turcan Elmasoğlu
Sayfa tasarımı: Veysel Demirel

1. Basım: Kasım 2017

ISBN: 978 - 605 - 185 - 208 - 9
Sertifika No: 10905

Baskı ve Cilt: Melisa Matbaacılık
Matbaa Sertifika No: 12088
Çiftehavuzlar Yolu Acar Sanayi Sitesi No: 8
Bayrampaşa/İstanbul
Tel: (0212) 674 97 23 Faks: (0212) 674 97 29

EVEREST YAYINLARI
Ticarethane Sokak No: 15 Cağaloğlu/İSTANBUL
Tel: (0212) 513 34 20-21 Faks: (0212) 512 33 76
e-posta: info@everestyayinlari.com
www.everestyayinlari.com
www.twitter.com/everestkitap
www.facebook.com/everestyayinlari
www.instagram.com/everestyayinlari

Everest, Alfa Yayınları'nın tescilli markasıdır.

İÇİNDEKİLER

İNSANIN DÜŞÜNMEKTEN CANI YANAR MI?

Hani o meşhur karikatür vardır ya, "Gel abi gel İran'ı övüyoruz!" Birisi, etrafında bir grup, "sineması şahane" diyen edebiyatını öve öve bitiremeyen. Çok gülerim bu karikatüre çünkü çok gerçekçidir. Şii-Sünni geriliminden çok da etkilenmedikleri için ya da tam tersine etkilendikleri için Türkiye sekülerlerinde çok gözlemlerim bu tavrı. Yere göğe koyamazlar, tıpkı karikatürde olduğu gibi edebiyatından girer sinemasından çıkarlar. Bu tavrın içinde bir miktar oryantalizm de vardır bence, yani seksen milyonluk ülkeden beş iyi yönetmen çıkmasına neden şaşırıyoruz ki! Misal, İskandinav edebiyatına da dalsan büyülenirsin, Uzakdoğu edebiyatına da. İnsanlık milyon yıldır dünya yüzünde ve asırlardır dünyanın farklı coğrafyalarında yaşadığı tecrübeler ve hissiyatı çerçevesinde yazmakta çizmekte. Birinin diğerine olan üstünlüğü iddiası ancak kişisel zevke göre göreli olabilir.

Bir de tabii sanırım komşunun tavuğu komşuya kaz görünür durumu var. Efes dururken Pers İmparatoru Kuruş tarafından Sardes'in taklidi olarak yaptırılan Persepolis'e hayranlık duyan Türkleri hâlâ anlayamıyorum.

Burada bir üstünlük iddiasında bulunmak istemiyorum. Türkler ve Farslar bin yıl beraber dip dibe, iç içe yaşamışlar. Birbirlerine çok benzer yanları var, birbirlerinden farklı tarafları var. Şu bir gerçek ki, Türk olarak İran'ı anlama konusunda işin elbette Avrupalıya göre çok daha kolay. Kullanılan deyimler, espriler birbirine çok benziyor.

En benzeyen taraf nedir diye sorarsanız, "-miş gibi yapma" ülkesidir İran. İran demek *taroof** demektir. *Taroof* toplumsal bir davranış paternidir, kibarlık saygı göstergesidir. Diyelim ki bakkaldan alışveriş edersiniz, kasada ne kadar diye sorarsınız, bakkal cevaben, önemli değil, bir şey ödemenize gerek yok der. Eh peki o zaman madem sağ ol, deyip gitmeye kalksanız peşinizden koşar parayı ödemediniz diye. Kural şudur, üç kere soracaksınız ne kadar diye, bakkal da iki kere gerek yok diyecek, sonunda fiyatı söyleyip alacak. Ya da yemeğe oturdunuz, yine aynı kural. Pilav ister misin diye sorduğu zaman ev sahibi, ilk seferde, evet deyip tabağınızı uzatırsanız bu müthiş kabalıktır, yine aynı şekilde iki kere teşekkür edip geri çevirmeniz, üçüncüde tabağınızı uzatmanız gerekir. Bu eski gelenek hâlâ İran'da ilk günkü kadar etkilidir. Sağcısı, solcusu, seküleri, mollası, herkes bu yazısız kurala uyar. Başka şeyler söyleyip bambaşka şeyler yapma ülkesidir İran. Biri bir şey derken aslında dediği şeyi kastetmiyor, bambaşka bir şey ima ediyor olabilir. O kültürün içinde büyümeyen biri için anlaması zordur. İnsanların sürekli yalan söylediğini düşünebilirsin. Başka bir yaşam tarzıdır bu. İki kişiliği var gibi sanki herkesin: Bir dediği, bir yaptığı.

Hafız üzerine saatlerce konuşabiliriz öte yandan. Şeceryan için müzik dehası diyebiliriz, Makhmalbaf'i yere göğe sığdıramaya-

---

* Farsçadan aldığımız özel adları Latinize ederken kimi sorunları göz ardı etmeden ama daha çok yazarın tercihlerine sadık kalarak yazdık. [ed.n.]

biliriz. Hepsi de Pers topraklarının çocuklarıdır ve alanlarında dâhice işler yapmışlardır kuşkusuz. Ve fakat bir övgüler dizisi okumayacaksınız bu kitapta. Zira ne kadar Hafız'dır artık, bu ülkenin ne kadarı Makhmalbaf, tartışırım bunu. İran bugün saç örtüsü geri kaydı diye kadınların sopayla dürtüldüğü bir ülkedir. Sorgusuz sualsiz, soruşturmasız, gerekçesiz insanların bir cezaevi veya gizli bir işkence evinde çürüyüp gittiği ülkedir İran, bugün hâlâ böyledir; hatta belki yerine göre rejimin ilk yıllarından çok daha acımasızdır. Sırf rejim Amerika'ya karşı diye, bir nükleer santralin, vatandaşın vergisiyle beş misli pahalı fiyata Ruslara yaptırıldığı ve Rusya'nın bu santrali on yıl gecikmeli teslim ettiği ülkedir burası. Sorumlu kimsenin de yüzü kızarmaz bundan, yüzü kızaran kalamaz zira burada. Gerçekler acıdır İran'da. Acı ve acıtıcı.

İran'a üç beş günlüğüne gidenler, romantik şeyler anlatabilirler size, ama kapalı kutudur bu ülke, dışındaki sedef kakmalar ilk başta göz alır ama öyle değildir kutunun içi.

Dolayısıyla beyler, bayanlar bu kitapta size İran'ı övmeyeceğim. Yaşadıklarımı, gördüklerimi anlatacağım.

TRT TÜRK, kurulurken, ilk teklif bana geldi. Görüşmeye gittiğimde üç beş başkent saydılar, aralarında Atina ve Taşkent de olan, seç birini dediler. Gözümü kırpmadan, Tahran dedim. Sizin için Tahran'da çalışırım. Her gazeteci İran'da çalışmak ister. Cumhuriyet tarihinin en olaylı seçimine, 2009 seçimine tanık oldum. Seçim geçti gitti ama etkileri bitmedi. İran'ın ve bölgenin kaderi bu seçimden sonra şekillendi. Başka bir döneme geçildi. Sert bir dönemdi, benden başka doğru dürüst yabancı gazeteci yoktu. Dolayısıyla bu korkunç dönemi yaşadıktan sonra yazmak boynumun borcuydu.

İyiler yine kaybetti İran'da. Hep öyle olmuyor mu? Burada ya da orada...

TAHRAN

Tahran'ı hep Ankara'ya benzettim. Atatürk Bulvarı gibi aşağıdan yukarıya uzanan geniş bir cadde ve etrafında şekillenen kent.

İran bayrakları asılıdır her yerde. Bir siyaset bilimci söylemişti yıllar öncc, devrimle kurulan ülkeler her köşede bayrak dalgalandırmaya daha hevesli olur diye. Türkiye de böyledir, malum vakti zamanında bir zafer sonrası devrimle kurulmuştu, hakezâ Amerika Birleşik Devletleri de. Bu üç ülkeyi bayrakperverlik açısından bazen birbirine benzetirim. Hatırlamak ve hatırlatmak için bayraklar dalgalanıyor dört bir yanda.

Tahran'ın geniş bulvarı Veliye Asr, devrim öncesi adıyla Pehlevi Bulvarı, kentin en güneyinden en kuzeyine gider. Tahran, Al Borz sıra dağlarının eteğine kurulmuş bir kent. Kentin kuzeyi dağ, güneyi çöl. Kenti bu eksen, kuzey-güney ekseni belirler. Modern Tahran batıya ve doğuya da genişliyor; merkezler çoğalıyor, ama kentin eski ekseni diyelim, kuzey-güney ekseni. Bu eksen coğrafi olduğu kadar da sosyolojik bir eksen. Güney eski yoksul işçi sınıfı, orta sınıftır. Kuzey yeni varsıl. Güney kurak ve sıcak, kuzey serin ve yeşil. Güneyde mütevazı evler var, kuzeyde havalı gökdelenler, rezidanslar.

İdeal sahibi her devrim gibi, İran devriminin de ideali sınıfsız toplumdu. Herkesin eşit ve mümin olduğu bir ülke. Kimsenin çok zengin olmadığı kimsenin çok da yoksul olmadığı bir sistem. İdeal toplum, ideal birey yaratmak isteyen sistemlerin başarısız olma ihtimali çok yüksek, zira herkesin ideali aynı değil. İdealler çoğu zaman gerçekleştirilebilir de değillerdir. Herkesin inançlı ve tevekkül sahibi olduğu bir sistem, birinin idealiyken, diğerinin kâbusu.

İran sistemi bir tür devlet kapitalizmi olarak tanımlanabilir. Bir tür piyasa ekonomisi işliyor ama son derece kontrollü. Köşe başları devletin elinde, bu piyasada iş yapabilmenin yolu rejimle barışık olmaktan geçiyor. Her büyük işletme yarı devlet; ekonomi, yatırımlar Devrim Muhafızları'nın kontrolünde. En büyük enerji şirketi mesela Khatam Al Anbiyo, Devrim Muhafızları'nın şirketi. Çoğu zaman büyük işletmeler kimin mesela bunun tam yanıtı yok. İran Khodro misal, araba üreticisi, Türkiye'ye de ihracat yapıyorlar ufak dahi olsa. Bu fabrikanın sahibi kim? Son derece meşru ve masum bir soru ve fakat, gazeteci olarak "İran Khodro kimin?" diye sorunca, oraları çok karıştırma yanıtını alıyorsun. İran'da sistem aşağı yukarı böyle, çok bilmek, çok öğrenmeye çalışmak iyi bir şey değil. Bazı soruları sormaman gerektiğini öğreniyorsun, bunu sistem öğretiyor.

Parayla imanın kimde olduğu belli olmaz denir ya, bu söz adeta İran için söylenmiştir. Devrimi yapan muhafazakârlar elbette köşeleri tutmuş, en büyük süt ve süt ürünü üreten firma mesela, devrimde aktif olan din adamlarından Nateq Nuri'nin. Devrimden sonra malını mülkünü muhafaza edebilmiş varsıllar da var, ama varlığını kaybeden de çok olmuş. Veliye Asr'ın köşesinde otopark kullanılan boş bir arazi var, vakti zamanında bir şahsınmış. Devrim muhafızları buraya el koymuş, otopark olarak işletiyor. Devrimin ardından bal tutan parmağını yalamış. Bunu Tahran'da görmek zor değil.

Tahran'a bakınca aslında İran'daki tüm bu toplumsal yarılmaları görmek mümkün; idealin aslında nasıl çöktüğünü de...

Kuzeye ve güneye yön olmanın ötesinde sınıfsal ve kültürel anlamlar da yüklü. Kuzey sistemin kazananlarının, ya da hiçbir zaman kaybetmeyenlerin; kentin güneyi kazanamayanların. Kentin güneyi sıcaktır, sıcak ve tozlu. Yapılar eski, apartmanlar üst üste. Güneyde parklarda uyuşturucu satılır güpe gündüz. Umudu kalmayanları görürsünüz çimlerde. O kadar kolaydır uyuşturucu almak! Her birinin kod adı var, birine badem diyelim, ötekinin kodu fıstık. Kadınlar hep siyah çarşaflıdır güneyde. Rejim, güneyin omuzları üzerinde yükselir aslında. Ne zaman bir yıldönümünde ABD lanetlenecek, ya da ne zaman reformcular protesto edilecek, güney taşınır araç araç merkeze.

Merkezdeki eski mahallelerde ise yerlilerle tanıştım hep. Devrimin tam anlamıyla kaybedenleriyle. Seküler eski aileler, eski tip Tahran apartmanlarında otururlar merkezde. Minik bahçeleri olan küçük apartmanlar. Sadelik ve zarafet vardır bu evlerde, fazla bir şey yoktur ama gerekli her şey vardır. En keyifli öğle yemeklerimden birini böyle bir evde yemiştim, merkezdeki Bahar mahallesinde. Evinin arka bahçesinde kendi imkânlarıyla şarap yapan bir ressam ağırlamıştı bizleri. Öyle gösterişli bir şey değildi, kendince yaptığı şarap çok iyi falan da değildi. Olmazsa sirke diye kullanıveriyorum ne olacak, demişti.

Kuzey, işte tam da bugünkü İran'ı anlatıyor. Sözde her şey yasak, ama aslında kılıfına uydurursan da her şey serbest. Ambargo ve sözde hiçbir şey yok ama aslında el altından her şey parasını ödeyebildikten sonra var. Dev gökdelenleri, lobili rezidanslarıyla arsız kuzey, doymak bilmez kuzey. Evler çok lükstür, pek havalıdır da, yan evinde aslında kim oturuyor bazen tahmin edemezsin. Kuzeyden ev alabilmek sağlam para ister. Para, Hüdailerde* var malum.

Ebeveynler tevazu sahibi olsa da, para orta sınıflaştırıyor; orta sınıf istiyor; tüketmek eğlenmek istiyor, orta sınıf küreselleşiyor. Kuzeyde gençler arabalarıyla sokaklarda tur atar geceler boyu, Batılı muadillerin taklidi tavuk restoranlarında, pizzacılarda yemek yerler. Partilere giderler.

Tahran o kadar yüksek rakımlı bir kenttir ki, şehrin içinde kayak merkezi var. Kentin kuzeyinden vakti zamanında Almanların yaptığı teleferiklere binersin, hop beş dakikada bulutların üzerindesin. Dağlarda hava temiz, kar bembeyaz. Eskiden, kadın erkek pistlerini ayırmışlar, araya kocaman bir paravan dikmişler. Hatemi** zamanında, paravan peyderpey delinmiş, şimdi öyle ayrı pist falan yok. Zaten dağdasın kayaktasın ne kadar açabilirsin ki saçını başını. Tahran'ın kuzeyindeki Toçal kayak merkezi en ulaşılabilir olanı, daha da kuzeyde dağ kasabaları var: Dizin, Şimşek. Bir dağdan öbürüne uzanan kilometrelerce uzunlukta pistler var. Kış boyu bu pistler, özellikle hafta sonları hınca hınç dolu ve gençlerin uğrak yeri oluyor. Hızlılar, hızlı ve umursamazlar. Zirveler kesif uyuşturucu kokuyor, belki ondan da cesaret alıyorlar biraz. Bir yılbaşı, İran'da çalışan Rusların pistte şampanya patlatmalarına izin verilmiş. Bazen bunu anlatıyor İranlılar. Şelaler ve Şimşek'te Dizin'de, parası olanların keyifleri mis. Kar olmadığı zamanlarda *hiking* yapmayı sever İranlılar. Uzun, tırmanışlı yürüyüşler... Baskıcı rejimler sabrı öğretiyor malum insanlara, dağ yürüyüşleri sabır işi, belki de bu yüzden İranlılar dağlarda çok iyi. Başarılı patika koşucuları çıkar İran'dan, bir de dağ bisikletçileri.

---

* Khoda yani Türkçe imlayla Hüda, Allah demek, dindar daha doğrusu dinbaz İranlılar için Hüdai kelimesi kullanılıyor.

** 1997-2005 yılları arasında görev yapan İran'ın eski Reformcu cumhurbaşkanı.

İran'da en ucuz şey benzin, en ucuz eğlence arabayla gezinti. Kayak yapamayan soluğu direksiyon başında alır. O nedenle asla boş değil Tahran'da yollar. Otobanlar hep kilit, caddeler hep vızır vızır.

Bunun dışında nedir Tahran derseniz? Bol ağaçlı geniş sokaklar. Büyüklü küçüklü parklar... Bunaltıcı yaz gecelerinde parklara dökülür aileler. Akşam yemeklerini parklarda yerler ve bol bol *badminton* oynarlar. Yapılan sporlar ve aktiviteler mevcut yasa ve kurallar tarafından şekilleniyor tabii ki. Badmintonı kapalıyken de oynayabiliyorsunuz, kıyafetler çok fazla etkilemiyor muhtemelen. İlk taşındığımda, sanırım 2008 sonları, şehrin kuzey batısında oturdum bir süre, evimin yakınında küçük bir park vardı, komşuların yürüyüş yaptığı. Ben de kendimce sabah koşularına çıkıyordum, sonunda komşulardan biri geldi uyardı, koşma evladım dedi, bak koşarsan polis gelir, başına iş alırsın. Sanırım koşarken kadın uzuvları sallandığı için, koşmayı kadınlar için İslami bulmayıvermiş otoriteler. Koşmak yasak, koşmadan yapılabilecek şeyler bulacaksın kadınsan mecburen. O zamanlar öyleydi, Ahmedinejad iktidardaydı ve gitgide ağırlaşan muhafazakârlık hayatın her alanında kendini gösteriyordu. Reformistler iktidara gelse de bir şey değişmiyor deniyor ve bebek adımları atabiliyorlar bazen. 2017 yılında ilk Tahran uluslararası maratonu yapıldı. Fotoğraflarını gördüm. Katılım çok fazla değildi anlaşılan ama koşan kadınlar da gördüm. Uzun taytlar giymişler, şortların altına, kafalarını örtmüşler saçları görünmeyecek şekilde. Öyle koşmak çok zor. Zaten koşarken vücut ısısı yükseliyor, cildin her yanı kapalı, beden soğutamıyor kendini. 42 kilometre dile kolay. Muhtemelen erkek koşuculardan kat be kat fazla zorlandılar ama olsun, Azadi meydanından koşarak geçti ya kadınlar...

Devrimler, devrimlerin idealleri, yaşamı öyle kökten belirler ki, hobiler bile ona göre şekillenir. İstediğini yapabildiğini sanırsın, ama aslında seçeneklerin o kadar belirlidir ki, ötesini düşünemez olursun. Sokakta koşabildiysen kendince işte o gün şanslısın, ne mutlu sana. Parkta belki sevgilinle el ele tutuşabildin o gün kimse karışmadan, dünyalar senin olur.

Hem küçük mutlulukların, hem de büyük arzuların, dayanılmaz hırsların kenti Tahran. Bir yanıyla devrimci, bir yanıyla oportünist. Bir yanıyla eğlenceli, bir yanıyla baskıcı. Burada yaşamak demişti İranlı bir arkadaşım, ehliyetsiz araba kullanmaya benzer. Günlerce karışan görüşen olmaz istediğini yaparsın, ama ne zaman polisin, askerin biri gelir başına ne iş olur bilemezsin. Kaderci olmaktan başka şans bırakmıyor İran insanda!

KÖR UÇUŞ

Araba kullanmayı çok sever İranlılar. Benzin neredeyse bedava olduğu için, çok da pahalı olmayan bir eğlence biçimidir onlara göre. Öyle her arabayı bulamazsın İran'da, yerli yapım İran Khodro'lar, Saipa'lar bir de Peugeot'lar. İran trafiğinde çoğunlukla bunlar akar. Kadın şoför çoktur, hatta bununla övünürler, Suudi Arabistan gibi geri değiliz biz, kadınlar araba kullanmak gibi pek çok şeyi yapabilir, derler. Akşamları arabalarla bir aşağı bir yukarı turlar gençler, aileler dışarıdan yemek alıp arabalarının üzerinde yer bazen. Severler İranlılar arabalarını. Araba yıkamacılara "Karvaş" ["car wash"] derler, Amerikalılardan miras kalmış aslında, kimi İranlılar bunun Farsça bir sözcük olduğunu düşünür.

Geceleri araba kullanmanın kendi kuralları var İran'da. Farlarını açmaz kimse mesela. Karanlıkta giderler. Ana caddeler, otoyollar, aydınlatılıyor elbette ama karanlık ara sokaklarda bile ısrarla farlar kapalı gitmeyi çok seviyorlar. Nedenini kimileri İran-Irak savaşından kalma bir alışkanlık olarak açıklıyor, kimilerine göre ise, ben çok iyi bir şoförüm fara ihtiyacım yok demeye çalışıyorlar. Karanlıkta gitmek, kör uçuş yapmak gibi. Nereye gittiğini tam bilmeden gaza bakmak. Ya da o kadar iyi bilmek ki gittiğin rotayı, hiç ışığa ihtiyaç duymamak. İran'da siyaset de böyle. Kör uçuş gibi.

İran "demokrasicilik" oynamayı seviyor, etiket olarak taşımak istiyor, onun için sistemde demokrasi simülasyonlarını görüyoruz. Seçim öncesi toplantı ve gösterilere izin var. Hatta sokaklar bayağı hareketli oluyor. 2009'da da her şey küçük grupların küçük heyecanlı mitingleriyle başladı. Tahran'ın belli başlı noktalarında Musaviciler toplanıyor sloganlar atıyorlardı, başka bir köşede Ahmedinejadcılar oluyordu. Hatta bazen bu iki grup aynı sokağın iki karşı kaldırımında eylem yapıyorlar, karşılıklı bağrışıyorlar, sloganlar atıyorlar, dağılıyorlardı.

Renkler ön plandaydı, Musavi'nin rengi yeşildi, diğer reformist aday Mehdi Kerrubi'nin rengi beyaz, Ahmedinejad'ın da kırmızı. Tam demokrasicilik oynar gibi. Herkes renkli bayraklar sallıyor, adayını destekliyor.

Her şeye rağmen İran'da sokaklar hareketlidir, her şeye rağmen diyorum, zira malum alkollü restoran, bar yok, başörtüsüz gezemiyorsun, konser, festival bunlar haşa yasak, müzik çalsan bile dans etmek yasak; buna rağmen insanlar kendilerince bir sosyal hayat kurmuşlar. Parklara giderler akşamları, yürüyüş yaparlar, *badminton* oynarlar. Veliye Asr'a ilişik Millet Parkı hareketli olur hep, seçim yaklaşırken hepten hareketlendi.

Musaviciler, "Yeşil Yol"cular yani, o kadar aktif o kadar istekliydi ki, seçim yaklaşırken her akşam Millet Parkı çevresi karnaval alanı gibiydi. Gençler, kadınlı erkekli, parkı caddeyi dolduruyorlardı. Yemeklerini yiyorlar, sloganlarını atıyorlar, aslında orada yaşıyorlardı. Bazılarında vardır bu his, ya da herkeste bazen olur, gerçekten bir şey yapıyor olmanın hazzı, kendin için, komşun için, anan baban çocuğun için bu kez gerçekten bir şey yapıyor olmanın hazzı. Öldükten sonra geriye bırakabileceğin bir şey, o gün orada olmak, o gün onu yapmış olmak. Bir *katarsis* hali gibi bunu yaşıyordu orada olanlar. Politika içinde politik olmanın yasak olduğu bir rejimde, renklerin ardından, marş ezgileriyle siyaset yapıyordu o gençler, politik olabiliyorlardı. Bir şey, hem de siyasi bir şeyler söyleyebiliyorlardı.

Zamanla kocaman bir partiye dönüştü bu eylemler. Birbirinden renkli karakterler boy göstermeye başladı. Her akşam müdavimlerden biri omuzunda papağanıyla gezen motorcu bir çocuktu mesela. Papağan gerçekten hiç ayrılmıyordu adamdan. Sevilen oyuncular sık sık boy gösteriyorlardı, kalabalık daha da şenleniyordu. Bir şeyi kazanmış değildi bu kitle ama garip bir şekilde mutluydu herkes. Bir arada olmaktan mutluydu, bir şeyler söylüyor olmaktan mutluydu.

Öne çıkan sloganlardan biri "Boro Doktor Boro"ydu, yani "Git Doktor Git". Doktor dedikleri Ahmedinejad. İran'da unvanlar çok önemli. Ahmedinejad aslında yol mühendisi, doktorasını yapmış ve doktor unvanını almış. Bu akademik unvanları muhakkak kullanır İranlılar. Doktorası yoksa ama mühendisse, adının önüne muhakkak mühendisi ekletir. Ahmedinejad'a hitap ederken de illa önüne doktor ekleniyor. Aslında devrim bu unvanları değiştirmiş. Devrimden önce "agaye cenap", "hazret" gibi unvanlar kullanılırken, devrimle hepsi gitmiş, yerine birader, bacı gelmiş. Devrim sonrası artık herkes eşit malum. En azından ideal öyle. Amma velakin her sistem kendi içinde kendi üstünlüklerini yaratıyor. Agaye cenap gitmiş, yerine doktor, mühendis gelmiş gibi. İranlılar son derece kibar insanlar, küfür diye ettikleri bizim Türkçede hafif hakaret yerine geçebiliyor. Hakaret etmek istedikleri zamanda muzip bir dolaylı yollar buluyorlar genellikle. Yeşilciler Ahmedinejad'a da o dönemde muzip bir başka unvan buluverdiler.

İran devlet televizyonunda son derece masum bir gündüz programı. Muhabir hayvanat bahçesi gezen çocuklarla röportaj yapıyor. Canlı yayın... Çocuklardan birine mikrofon uzatıyor, çocuk maymun kafesinin orada, çocuk işte "Babam Ahmedinejad maymun," diyor, deyiveriyor. Bu yayın tabii Yeşilcilerin diline düşüveriyor.

Akşam mitinglerinden birinde, genç bir adam küçük pelüş bir maymun sallıyordu. Bir yandan maymunu sallıyor, bir yandan da bağırıyordu: Boro Doktor Boro...

Millet Parkı, Yeşillerin meskeni gibi olunca, Ahmedinejadcılar da harekete geçti. Birkaç sefer de onlar aynı bölgede toplandılar. Siyah çarşaflılar çoğunluktaydı ama umulmadık tipler de vardı. Sarı meçli saçlarını yarıya kadar açmış, burnu estetikli, dolgun dudaklarını kırmızıya boyamış bir kadın grubu vardı mesela. Yabancı basını sevmedikleri için bana, hadi ufaklık yürü evine buralarda gezinme, diye de bağırdı hatta bir tanesi. Malum, bazı muhafazakâr hareketler, siyasi partiler imaj çalışması kapsamında, ajanslarla anlaşıp bu tür yüzleri, iyi fotoğraf vermek, dünyaya daha başka görünmek için kullanabiliyor. Belki öyle bir gruptu, İranlı arkadaşlarım bana katılmadı. Ahmedinejad'ın yarattığı bu sistem sayesinde akçeli işlerden para kazanan bir kesim oluştu, sonradan görme bir kesim, bunlar onlardan dediler.

Yeşilciler seçim öncesi bu tür eylemleri organize etme ve gündemde kalma konusunda çok daha başarılıydılar. Ne olursa olsun, dönemin her "muhalif" hareketi gibi daha dünya ile iletişim içindelerdi, içlerinde yurt dışında okuyanlar, okuyup dönmüş olanlar vardı. Yabancı basının dikkatini ne çeker, hareket nasıl hep canlı tutulur, seziyorlardı. Daha moderndiler, yöntemleri daha yeniydi. Bir akşam Meclis Parkı'nda toplanıyorlarsa, ertesi gün hemen akşamüstü insan zinciri oluşturuyorlardı. Hepsi genç cıvıl cıvıl, yeşil başörtüler takıyorlar, erkekler yeşil bileklikler takıyor, dünya ile daha ortak bir dil kullanıyorlardı. "Ölüm!" demiyordu bu çocuklar kimse için, barış diyorlardı, sıcaklardı. Zaten Musavi ve karısı dünya için yeterince dikkat çekiciydi, dolayısıyla Yeşil Yol bir hareket olarak, tüm dünyanın dikkatini çekmeyi başarıyor, sürekli dünya basınında gündemde kalıyor.

İnsanı sevmeyen sistemlerde başarılar cezasız kalmaz. Tam da bu nedenle, dünyada kullanılan genel anlamıyla başarılı oldukları için, iyi iş çıkardıkları, dünyaya kendilerini duyurdukları, dünyaya dertlerini anlatabildikleri için seçimden sonra ajan olmakla, iş birlikçe olmakla suçlandılar. Kimileri bu yüzden cezaevlerinde çürüdü, kimisi kaçmak zorunda kaldı. İran bir kez daha başarılı insanların ideallerini, baskıcılığa kaybetti, '79 devrimi sürecinde olduğu gibi.

YEŞİL YOL

2009, Türkiye'de Ak Parti'nin yıldızının parladığı, Recep Tayyip Erdoğan'ın İslam dünyasının altın çocuğu olarak Batı tarafından pek bir alkışlandığı yıllardı. "Çözüm Süreci" tüm hızıyla devam ediyordu, Türkiye Avrupa Birliği'ne aday ülkeydi. Siyasal İslam'ın evcilleşebildiği, hatta demokrasi çıtasını Ortadoğu'da yukarıya taşıyabildiği düşünülüyordu. Batı, Doğu'da başka türlü bir ütopya peşindeydi. İran ise kendine göre kendi ütopyasını çoktan yaşamaya başlamıştı.

1979 devrimi bildiğimiz, yıllardır okuduğumuz izlediğimiz gibi. Bölge tarihinde bir dönüm noktası. Rejim için ise tünelin ucunda ışığın göründüğü yıllar 2000'ler. Hatta tam olarak 11 Eylül ve sonrası. Müslüman ülkelere menfi biçimlerle yansıyan bu olayın sonuçları İran için kesinlikle müspet oldu.

11 Eylül sonrası, Amerika füzelerini İran'a değil, Irak'a çevirdi. Saddam yönetimi devrildi, rejim çökertildi fakat yerine yenisi konulamadı. İran'ın on yıl boyunca savaştığı Irak çöktü, devlet

mekanizmasının çökmesinin ardından siyasi boşluğu İran doldurdu. Baas Partisi eskisi Sünniler siyasetten uzaklaştırıldıkça koltuklara Şii siyasiler oturdu, bölgede Şiizm demek İran demekti. Iraklı siyasiler Washington'a değil Tahran'a bakar oldu.

Barack Hüseyin Obama'nın başkan seçilmesi ise İran rejimi için bal üstüne kaymak oldu. Obama'nın nasıl bir Ortadoğu politikası izleyeceğinin sinyalleri Kahire konuşmasında gizliydi. Obama, ABD'nin Irak Başbakanı Musaddık'a karşı gerçekleşen darbeyi düzenlediğini itiraf etti ve özür diledi. Büyük bir adımdı bu. Herkesin demokrasi anlayışı farklı olabilir biz illa kendi demokrasimizi dayatmayacağız, dedi. Her türlü rejimle işime geldiği sürece anlaşırım mesajını verdi. İran için tünelin sonunda ışık vardı. Obama bu konuşmayı İran cumhurbaşkanlığı seçimlerinden sadece birkaç gün önce yaptı.

Siyasal İslam'ın 1979'dan beri iktidarda olduğu İran'da da özgürlük talepleri başlamıştı. 2009 Haziran'ında yapılan cumhurbaşkanlığı seçimlerine İranlı gençlerden ve orta sınıftan gelen özgürlük talepleriyle gidiyordu. Yükselen özgürlükçü dalga karşısında rejim bir varoluş mücadelesi verecekti. 2009, İran'ın yakın siyasi tarihinde bir dönüm noktası olarak kayıtlara geçti.

İran İslam Cumhuriyeti'nin siyasal sistemi, uzaktan bakanlar için hayranlık uyandırıcıdır, kendi içinde bir güçler dengesi barındırır. Sistem bir şekilde işler. Sistem demokratik midir? Elbette hayır.

Fakat İran rejimi, bir alternatif olma iddiasındadır. Batı tipi klasik demokrasileri alt ettiği, geçtiği, onlardan daha başarılı olduğu iddiasındadır. Söylem olarak bir tür Şiist ütopya vâdeder.

İran cumhurbaşkanı Mahmud Ahmedinejad, 2007 yılında Columbia Üniversitesi'nde konuşma yaparken İran'daki eşcinsellerin durumu sorulduğunda "İran'da eşcinsel yok," yanıtını vermiş, dünyayı şoke etmişti. Eşcinsellerin halen yüksek bir yerden atılarak öldürülmesi bir yana, "rejim" aşağı yukarı budur. "Ütopya"yı bozacak, ütopyaya inancı kıracak şeyler yok sayılır.

Rejimde yolsuzluk olduğu, Ahmedinejad'dan sonra 2013 yılında cumhurbaşkanı seçilen Ruhani tarafından dile getirildi ilk kez. Söz konusu yolsuzluk da rejime değil rejim tarafından miadı dolunca kenara konulan Ahmedinejad'ın üzerine yıkıldı. İslam Cumhuriyeti'nde aslında yolsuzluk yoktur! Çünkü sistem mükemmeldir. Sistemin işlemediğini işaret eden hiçbir şey kabul edilemez.

Allah'ı temsil ettiğine inanan bir devlet, Allah'ın suretini yansıttığına inanılan liderler tarafından yönetilir. Şii din adamları arasında bir derece olan Ayetullah, Allah'ın sureti demektir. İslam ilminde çalışarak ve risale yazarak bu unvan elde edilir. İran İslam Devrimi'nin ardından İran'ın ilk dinî Rehberi Humeyni'ye ise bu unvan sevenleri, ve elbette bir ölçüde kendi tarafından verilmiştir. Humeyni yani bir anlamda kendi kendini ve tabii devleti kutsal ilan etmiştir, hikmetinden sual olunamaz. Devlet bireyin, toplumun hatta yeri gelince inancın da üzerindedir, zira inanç kaynağının aslında ta kendisidir.

Rejimin iddiası çok, kutsallık yanı sıra demokrasi iddiası da var. Onun için seçimler İran rejimi için önemli. Şu çok kullanılan bir söylemdir mesela: Biz Suudi Arabistan değiliz, bizde kadınlar araba kullanabilir ve bizde siyasiler seçimle iktidara gelir.

Bölgede İran kendisini doğal rakibinden siyasi olarak ayrıştırır, başka bir mertebede olduğunu, Suudi Arabistan ile karşılaştırılamaz olduğunu iddia eder. İran'da seçim yapılması çok önemlidir ve rejim tarafından hep altı çizilir. Sandık başına gitme oranları çok önemlidir. Dinî Rehber Hamaney illa her seçim zamanı tüm İranlıları sandığa çağırır, sandığa gitme oranı ne kadar yüksekse rejim o kadar güvenilirdir, seçilen lider o kadar meşrudur.

Fakat İran'da seçimden öncede bir seçim vardır. Bir tür yarı seçim sistemi de diyebiliriz. Adaylar başvuruda bulunurlar, Anayasayı Koruyucular Konseyi kim aday olabilir, kim aday olamaz diye bakıp, arasından seçer. İslamcı olmayan kimsenin tahmin edebileceğiniz gibi adaylığı onaylanmaz. Sistemin, yani dinî Rehber Hamaney'in hoşuna gitmeyen, Devrim Muhafızları'nı rahatsız edecek kişiler aday listesinden yer alamaz.

Yani bir seçim olur ama adına ne kadar seçim diyebilirseniz. Ancak kuşkusuz bu seçimler İranlılar için bir tür nefes alma görevini görüyor. Bazen vatandaşlar gerçekten bir şeyleri değiştirebilecekleri hissine kapılıyor.

2009 seçimi böyle bir seçimdi. Hem siyaset arenası, hem sokaklar hareketliydi. Umut vardı. Siyasal İslam'ın yıldızı yükseldikçe, Batı'nın bakış açısı yumuşadıkça İran'ın mevcut sistemden pay alma umudu artıyordu, birtakım temel özgürlüklerin seçimle beraber sağlanabileceğine dair inanç vardı.

Adaylardan biri 2005'te cumhurbaşkanlığı koltuğuna oturmuş olan Mahmud Ahmedinejad'dı. Muhafazakârların adayıydı. Reformistler için eski cumhurbaşkanı Hatemi her zaman kalplerdeki gerçek lider. Hatemi gerçek bir reformistti çünkü, rejim siyaset sahnesinde çok fazla yaşama şansı tanımadı. Hatemi'nin destek verdiği aday devrimden sonra genç cumhuriyetin genç başbakanı Mir Hüseyin Musavi'ydi. Musavi, başbakanlık döneminden sonra siyasetten elini ayağını çekmişti, şimdi bu seçimle siyasete geri dönecekti.

Reformist cenahın bir diğer adayı Mehdi Kerrubi'ydi. O da rejimin ağır toplarından. Şehit Aileleriyle Dayanışma Derneği'nin başkanlığını yapmış bir isim. Bu tip vakıflar rejimde önemlidir, çeşme başı gibidir. Bol bol cep doldurur, pozisyon ve kuvvet sağlar. Kerrubi de kuvvetli birisiydi.

Devrim Muhafızları eski komutanlarından Mohsen Rezai de bir diğer muhafazakâr adaydı. Aslında belki de Türkiye için en önemli adamdı. İran siyasetinde hiç bulunmayacak kadar kuvvetli bir Türkiye sempatizanıydı.

Sonucu ne olursa olsun 2009 seçimi yeşil renkle hatırlanacak. Kampanya döneminde, seçim gününe kadar yer gök yeşildi çünkü. Musavi'nin başını çektiği reformist hareket yeşil rengi seçti, harekete de Yeşil Yol adını verdi. Hareketin arkasında Hatemi vardı, Humeyni'nin oğlu Ahmed Humeyni, Tahran'ı savaştan sonra yeni baştan inşa eden Kerbasçi de hareketi çeken isimlerdendi. Bu isimler rejimin yolundan saptığını yozlaştığını, iş bilmezlerin elinde sistemin çöküşe gittiğini söylüyorlardı. Yeşil Yolcuların istediği rejime özgürlükler dokunuşuyla hayat öpücüğü vermekti.

Yeşil Yol tam anlamıyla yapı bozumcu bir hareketti. İslam devrimin sloganlarını, pek çok referans noktasını devşirdi; bunlara yüklenen anlamları alt üst etti ve yeni dahası yeni anlamlar yükledi. Yeşil Yolcular '79 devriminde İslamcıların attığı sloganları, şarkıları aynen kullandılar, fakat bu sloganlar bu kez rejimi yüceltmiyor tam aksine eleştiriyordu ve bu eleştiri rüzgârı rejimin dışından değil ta kalbinden çıkıyordu. Rejimin yetiştirdiği nesildi bu, Amerika'ya ölüm sloganlarıyla büyüyen, devrimin her yıldönümünde Humeyni'yi karşılama töreni için havaalanına götürülen.

Rejim dışarıdan gelen eleştirilere dirençli, bunlar İran devletinin düşmanlarıdır deyip geçiyor. Batı'da sayıca fazla bir İran diasporası var, ancak bu diaspora İran'dan uzak kala kala İran'la ilgili bilgisini yitirmiş, hep aynı çevreler aynı şeyleri söylüyor, biraz kendi söylüyor kendi dinliyor. Bu kez rejime sert bir tokat geldi. Çünkü bizzat devrimi yapanlar ve devrim elitlerinin çocukları, artık yeter, diyordu.

İran'da sol, Hatemi demek. Eski cumhurbaşkanı pek çoğuna göre İran'ın tek gerçek reformist siyasetçisi. Hürmetle ananı çok, bekleneni veremedi diyenler de var. Ama Hatemi İran siyasetinde bir marka, bir okul ve bir referans noktası. Clinton ile resmi, gayri resmi görüşerek iki ülkeyi uzlaşıya Obama dönemine kadar en çok yaklaştıran siyasetçi.

Hatemi, Birleşmiş Milletler Zirvesi için New York'tayken İran diasporası Hatemi'nin etrafını sarıyor. Mini etekli Pers kızlar Hatemi'yi soru yağmuruna tutuyorlar, bir tanesi soruyor: Sizin evde son sözü kim söyler? Hatemi kıvrak zekâsıyla yanıt veriyor: Tabii ki ben! Sen nasıl istersen hanım derim, diyor. Aynı zirvede, konuşurken şarap kadehi şeklinde bardaktan su içtiği için de rejimin muhafazakârları tarafından kıyasıya eleştiriliyor. Bir tarafı Paris bir tarafı Habeşistan gibi olan ülkelerde herkesi memnun etmek zor. Amerika ile bir şekilde uzlaş, ambargo kalksın ama biz hiç taviz vermeyelim diyen Hameney'i tatmin etmek neredeyse imkânsız.

Hatemi belki de cumhurbaşkanı olduğu güne pişmandır ama attığı temellerin İranlıların hafızalarında bıraktığı bir siyaset biçimi var. Kaçınılmaz olarak reformist aday Mir Hüseyin Musavi adaylığının ilk gününden itibaren Hatemi ile karşılaştırıldı. Hatemi'den daha iyi bir cumhurbaşkanı olabilir miydi asla bilemeyeceğiz.

Mir Hüseyin Musavi, İran İslam Cumhuriyeti'nin ilk başbakanı. O zamanlar başbakanlık makamı var, daha sonra kaldırılmış, Rafsancani cumhurbaşkanı olunca başını ağrıtacak bir ikinci adam istememiş aslında, makamın kaldırılma öyküsü de bu.

Musavi ve çizgisindeki yoldaşlarına "Yeşil Komünistler" diyorlar o dönem, biraz daha Ali Şeriati çizgisinde, sosyal devlete inanıyor. Gençken çok daha sert bir çizgide muhtemelen ama tecrübe, yıllar insanları değiştiriyor. Siyasetten uzak geçen yıllardan sonra Mir Hüseyin Musavi, yeniden, bu kez eşi Zahra Rahnavard ile sahneye tekrar çıktığında ikili bu kez tonton sevecen bir görüntü çiziyor.

İran'da aktif politika yaparken, söyleyebileceğiniz şeyler var, söyleyemeyeceğiniz şeyler var. Bazı vaatlerini satır aralarına gizlemek zorundasınız. Hatemi gibi Batı eğitimli yumuşak bir din adamı değil Musavi, sert devrimci gelenekten gelen bir siyasetçi. İlk başlarda değişim isteyen kitleler tarafından kuşkuyla karşılandı. Özgürlüklerle ilgili soru çokça yöneltildi, Musavi hep, aç insan özgürlük düşünemez önce ekonomiyi düzeltmemiz lazım yanıtını verdi. Seçim propagandasını da hep güçlü ekonomi üzerine kurdu.

Her İran yeni yılında* Rehber Hamaney o yılın sloganını açıklar. Hamaney'in o yıl açıkladığı slogan da aslında Musavi'nin ekonomik idealleriyle uyumluydu, kendine yeterlilik yılı ilan etmişti Hamaney o seneyi ama bu, Musavi'nin biletini kesmesine engel olmadı.

İran siyaseti kadınlara çok alışkın değildir. Rafsancani'nin kızı Faize ya da Rohani hükümetinde cumhurbaşkanlığı sözcülüğü görevini yapan, vakti zamanında Amerikan elçiliği baskınında İngilizce açıklamaları yapan Masomeh Ebtekar gibi kuvvetli birkaç isim var elbette ama siyasetçilerin eşlerini kamuoyu pek bilmez, muhtemelen muhafazakâr seçmen bilmek de istemez. Musavi bütün kampanyayı karısıyla beraber yürüttü. Biri mimar, diğeri sanat tarihçisi olan bu çift, ağırlıklı olarak gençlere ve entelektüellere hitap ediyordu. Sisteme inanmayanlar için de ehveni şerdi. Sisteme inanmayanları ikna etmek İran siyaseti için önemli. İran'daki seçimler aslında tam anlamıyla seçim değil. Aday olmak isteyen herkes adaylık başvurusu yapabiliyor. Anayasayı koruyucular konseyi başvuruları tek tek inceliyor ve kim aday olabilir kim olamaz kararı veriyor. Bu aşamada rejim dışı olabilecek herkes, demokratlar, liberaller rejimin uygun bulmadığı herkes eleniyor. Dolayısıyla İran'da sandık başına gitmek nasıl olsa hiçbir şey değiştirmeyecek diye oy kullanmayan bir kitle var. Bu kitle sandık

* İran yeni yılı, Nevruz'da başlar. Başlangıcı Hicret'tir ama takvimde İran ayları kullanılır.

başına gittiği zaman genellikle dengeler reformistler lehine değişiyor. Musavi ve Zahra Rahnavard, bu kitleyi mobilize etmeyi ve görebildiğimiz kadarıyla sandık başına götürmeyi başardı.

Rayeh Sabz, Yeşil Yol... 2009 seçimlerinde reformist hareket bu ismi aldı. Musavi seçim konuşmalarını boynunda hep yeşil ehli beyt şalıyla yaptı. İslam yeşili bu seçimde reformist hareketle özdeşleşmiş oldu. Muhtemelen yeşil rengin harekete bir tür dokunulmazlık sağlayabileceği düşünülmüştü. Muhafazakâr kesimden gelen, "Bunlar fazla özgürlükçü, Batıcı, sapkın!" eleştirilerini önleyebileceği hesap edilmişti.

Bunların ötesinde Yeşil Yol, bir koalisyon haline geldi. Devrimin asıl amaçlarından saptığını düşünen muhafazakârlar, Humeyni'nin oğlu mesela bunlardan bir tanesiydi aynı zamanda Rafsancani ve ailesi ve daha demokrat diyebileceğimiz unsurlar bir araya geldiler. Bu kesimleri böylesine bir araya getiren sebeplerden bir tanesi Mahmud Ahmedinejad'dı. Ahmedinejad, rejimin avantajlılarından değil, yoksul bir ailenin oğlu, İran'da üniversite okumuş kendi imkânlarıyla mühendis olmuş bir karakter. Kırsaldan ve yoksul kesimden aldığı destek muazzamdı. Devrim elitleri Ahmedinejad'ı bayağı buluyor, beğenmiyordu. Yaptığı çılgın gerici çıkışlarla daha demokrat çizgide duranlar tarafından olumlu bakılması imkânsızdı. Bazen konuşmaları ve davranışları gerçekten çok tuhaf zekâlı birisi gibiydi. Bazen konuşurken birdenbire kendi kendine transa geçer gibi bir şeyler yapıyordu, Birleşmiş Milletler Zirvesi'nde kürsüde konuşurken kendisine nur indiğini iddia ederken samimiydi mesela. Tahran belediye başkanıyken, Mehdi yeryüzüne dönünce, hangi yol açık hangisi kapalı olacak diye olağanüstü bir durum planı bile yaptırmıştı.

İran totaliter bir rejim, ancak bir türlü var olabilirsin, diğeri yasak. İslamcı olmak dışında bir seçenek yok, sekülersen var olma şansın yok. O nedenle taraflar birbirlerini ancak daha çok ya da daha az İslamcı olmakla eleştirebiliyor ya da asıl harbici İslamcı kim tartışması yapılabiliyor ancak.

Mahmud Ahmedinejad'ın yasak ve gizli bir tarikat üyesi olduğu söylentileri pek revaçtaydı bir ara. Tarikat üyesiydi ya da değildi, Ahmedinejad bu yüzden o koltukta değildi halbuki. Halk adamı olduğu için, halk gibi giyindiği, halk gibi konuştuğu için mavi yakalılar tarafından seviliyordu. Yoksullara, geliri belirli bir seviyenin altında olanlara aylık bağlamıştı, bu kesimin ondan başkasına oy verme şansı yoktu. Hatta seçim kampanyası sırasında yoksul kasabalarda bedava tavuk dağıttırdığı da oldu. Bunların yanı sıra Hamaney, Ahmedinejad'ı daha kolay yönlendirebileceğini, Ahmedinejad'ın sözünden çıkmayacağını düşündü amma velakin siyaset bazen yanılma sanatıdır.

Ahmedinejad rejimin geldiği noktanın sembolüydü, her siyasi tercih gibi sebep değil sonuçtu. Batı'ya kapıları kapatmanın, herkesi şeytan diye damgalayıp sadece Rusya ve Çin'i ortak bellemenin bazı bedelleri var. İran'ın başka alternatifi olmadığını bildiği için Ruslar kartlarını ona göre oynuyor. Rusya tarafından inşa edilen Buşehr nükleer tesisi on yıl gecikmeli açıldı. Ambargo altındaki ekonomi büyüyemiyor, bir de bunun üstüne mafya devlet ekonomisi yatırım hevesini kaçırıyor, bu piyasada para kazanmak zorlaşıyor.

İran büyük ve cazip bir pazar ama girmesi ve tutunması bir o kadar zor. Teoride serbest piyasa ekonomisi her zaman demokrasiyle ile birlikte yürür, siyasi serbestlik yoksa pazar da serbest olamaz. Teoriyi bozan örnekler vardır belki ama İran bu örneklerden biri değildir. Tam bir ahbap çavuş kapitalizmi örneği İran. İş yapmak istiyorsan tanıdık bulacaksın, Devrim Muhafızlarıyla bağlantı kuracaksın. Yabancı marka olarak girmek neredeyse imkânsız. Kozmetik firması *Oriflame* İran pazarına girmeyi başardı, bu alanda pek çok doğru düzgün marka da olmadığından başarılı da oldu. İran'ın yerli üretim kozmetik ürünleri hem çok pahalı, hem de çok kaliteli değil, *Oriflame* dükkânlarının önünde uzun kuyruklar oluyordu. Bu durum birilerinin kuyruğuna basmış olacak ki, 2009 seçimi sonrası çıkan olaylarda muhaliflere destek verdiği iddia edildi, firmanın izinleri iptal edildi, markanın İran macerası da böylece sonlanmış oldu. Bu tür ekonomilerde iş yapmak aşağı yukarı böyle bir şey. Pazara girmek bir dert, girdikten sonra da yaptığın yatırıma rağmen kalıcı olabilir misin, garantisi yok. İstekleri bitmeyen şımarık bir oligarşinin kurallarını koyduğu oyunu sürdürmek her zaman beklendiği gibi kârlı sonuçlanmayabilir.

Ambargo altında yaşam da çok zor. Pek çok elzem şeyin ülkeye girişi yok, doğalgaz borusundan tutun da uçak yedek malzemesine kadar. İran ambargolu ürünleri Batı'dan alamıyor, Doğu'dan almak zorunda kalıyor ya da üçüncü taraflar üzerinden bu tür ürünler İran devleti tarafından alınabiliyor. Diyelim ki İran Türkiye'den doğalgaz borusu almak istedi, ambargo olduğu için Türkiye doğrudan İran'a bunu satamıyor, araya Babek Zancani gibi bu ürünleri başka bir ülke için alıyormuşçasına yapan aracılar gerekiyor; bu tam bir bal tutan parmağını yalar sistemi. Sonuç, İran için büyük zarar, sürekli devlet bol keseden harcama yapıyor, aracılar keselerini dolduruyor, olan vergisini veren vatandaşa oluyor. Sistemin böyle işlediğinin İran orta sınıfı farkında, onun için ambargoların kaldırılması millet için çok önemli.

İranlı bir arkadaş, yahu Malezya da Müslüman ülke onların Amerika ile arası iyi mis gibi yaşayıp gidiyorlar, biz de Müslüman ülkeyiz bizim Amerika'yla aramız kötü sürünüp gidiyoruz; Müslüman olmak için illa Amerika düşmanı olmaya gerek yok, illa sürünmeye de gerek yok, demişti. Düşündüğünü bu şekilde ifade eden epey İranlı var. Amerika'ya ölüm sloganı atanlar bile mesele iş yapmaya gelince farklı düşünmeye başlıyor.

Musavi de seçim öncesi yaptığı konuşmalarda önce ekonomi vurgusu yapıyordu, patlayan enflasyon, yatırım eksikliği, artan işsizlik bunu gerekli kılıyordu çünkü. Musavi'nin ekonomik kartını kullanarak Ahmedinejad'ın silahlarından biriyle onu vurmaya çalışıyordu aslında. Ahmedinejad'ın Tahran belediye başkanlığından cumhurbaşkanlığına uzanan yolsa taşları ülkenin garibanları dizmişti çünkü. Halk adamı, elleri nasırlılardan biri... Ahmedinejad buydu, elleri nasırlılara şimdi de devlet kesesinden bağış dağıtıyordu. Musavi ise, ekonomide köklü değişimlerden reformlardan bahsediyordu. İran'ın üretmesi gerektiğini söylüyordu, komşularıyla sürekli kavgalı bir İran'ın zenginleşemeyeceğini söylüyordu. Musavi, ekonomi için daha orta vadeli projeler ortaya koyuyordu, Ahmedinejad ise o sırada para dağıtıyordu.

Musavi'nin yoksul Güney Tahran'daki mitinglerini de takip ettim, salonlar doluyordu dolmasına ama Kuzey'deki coşku olmuyordu. Bu çağda dünyanın büyük bir kısmında solun yaşadıklarından İran da bağışık değil. Yeşil Yol derdini gençlere anlatabiliyordu, devrim elitlerine, sanatçılara anlatabiliyordu; yoksulların adayı ise Ahmedinejad idi.

Yeşil Yol'un bir diğer unsuru aslında kadın ağırlıklı olmasıydı. İran siyasetinde kadın olmak kolay değil. İran devrimi sırasında kadınlar sokaklarda çok aktif, ama devrimin kadınlara özgürlük getirdiğini söylemek abesten de beter olur. Günün sonunda, ayda bir kanadıkları için doğru karar veremezler, görüşü yüzünden kadınların hâkim olmasına izin verilmeyen, kocasının yazılı izni olmadan kadınların yurt dışına çıkamadığı bir sistemden bahsediyoruz. Rejim kadınlara yapılan bu ikinci sınıf muameleyi bir de "şirin" sözcüklerle meşrulaştırmaya çalışıyor. "Kadınlarımız çok zarif kırılgan varlıklar, onları böyle işlerle yoramayız..." gibi. Kadınların cumhurbaşkanı olmasına izin yok, ama siyasette yer alabiliyorlar. Siyasette yer almak başka bir şey ama kadınların hakları konusunda reel politikada ses çıkarabilmek başka bir şey. İran siyasetinde, işte orada kırmızı bir çizgi var.

Süreç boyunca Musavi'nin en büyük silahı karısı Zahra Rahnavard oldu. Zahra Rahnavard, sanat tarihçisi. Üniversitedeyken tanışmışlar, tanıştıklarında Zahra Rahnavard açıkmış. Tam devrim günlerinde aşk hikâyesi. Dönüşüm yıllarının çocukları onlar, herkesin heyecanla sokaklara döküldüğü, Şah gittikten sonra da herkesin başka yönlere savrulduğu yıllar. Rahnavard da Musavi'nin yanına savrulmuş. Beraber başka bir yola girmişler. Önce sıcak siyasetin içinde, Musavi'nin başbakan olduğu yıllar ardından siyasetten daha uzak akademi dünyası. Çocuk yapmamışlar, beraber bir hayat yaşamışlar, kendilerine özgü bir çift bunlar. İran da, ya da İran'ın bir yarısı da bu hallerini sevdi onların. Akademisyenken beraber açtıkları sergileri sevdiler, Musavi'nin kampanyasını eşi ile el ele çekilmiş fotoğraflarıyla donatmasını sevdiler.

Çok renkli bir kişilik Zahra Rahnavard. Siyah uzun çarşaf giyiyor ama çarşafın kenarlarında pembe çiçekli bir şerit var. Geleneksele renkli bir dokunuş, didaktiğe bir parça duygusallık gibi. Hiç makyaj yapmıyor Zahra Rahnavard, beyaz pürüzsüz bir teni, küçük pembe dudakları var. Ufak tefek zarif bir kadın, içinde müthiş bir enerji var, gözlerine yansıyor. Bıraksanız zıplaya zıplaya gidecek gibi. Zahra Rahnavard da ayrı kampanyalar, seçim toplantıları düzenledi. Özellikle kadınlarla sık sık bir araya geldi. Kendisiyle kısa bir röportaj yapma şansı bulduğumda sordum, kocanız cumhurbaşkanı olursa siz ne yapacaksınız diye, kadın hakları için çalışacağım dedi. Neyi ne kadar yapabilirdi, rejim ne kadarına izin verirdi bunu bilemeyeceğiz. Ama Rahnavard orta sınıf kadınlar için önemliydi. Musavi'nin yanında görünür olabilmesi bile önemliydi.

Yeşil Yol'un destekçileri arasında kadın çoktu, genç çoktu. Yeşil Yol, insanları mobilize etmeyi başardı, toplum içerisindeki bu dinamiği harekete geçirebildi. İran'da tüm bu yaşananlar Arap Baharı'ndan yıllar önce oldu. İnsanlar bunalmıştı, insanların talepleri vardı, anlatabilmek istiyorlardı, dökülebilmek, talep edebilmek. Yeşil Yol işte eski dile yeni anlamlar katarak tam da buna denk geldi.

'79 devrimi sürecinde söylenen marşlar Yeşil Yol tarafından kullanıldı. Yâre Dabestani mesela, '79 devriminin sembol marşı diyebiliriz, artık 2009 süreciyle özdeş. Bunlar aslında İslami konotasyonları olmayan ezgiler, özgürlükler için savaşmayı mücadeleyi övüyorlar. Ne var ki, bu marşların zamanla daha yüksek sesle bu dönemde söylenmeye başlaması aslında, öznelerin yerini değiştirdi. '79 öncesinin zorbası, karşısında mücadele verileni Şah rejimiydi, şimdiden zorbası ise iktidarın hali hazırdaki işgalcileri.

İranlılar kökten değişimden yorulmuş bir halk, Türklerin özdeşlik kurması bu anlamda biraz zor. Yerleşik bir halk, göçebe değiller, ama Osmanlı'yı bir aile yönetirken İran'da Safeviler gitmiş, Kaçar Hanedanı gelmiş, onlara Pehlevi darbeyi indirmiş, Pehlevi'ye de '79 devrimi. Devrimler yorucu oluyor, çoğu zaman da acımasız. Kazananı kimdir belli olmaz. Onun için bu kuşak da devrim sevdalısı değil. Kurumların hepsi yıkılsın, sıfırdan yeniden kurulsun kimse istemiyor. Bunu kimse reel siyasette dile getiremez ama kanaat önderleri şunu istiyor, reformistlerin, değişim isteyenlerin isteği gücün tek elde toplanmasını engelleyecek bir anayasa değişikliği. "Velayeti Fakih" makamının revizyonu. Bu asla reformist politikacılar tarafından dile getirilmedi ama aktif sokakta olanlar arasında konuşulmaktaydı. Hamaney bu açıdan bu hareketi kendisine tehdit olarak görmekte haklıydı.

İran'ın dış politikası da değişim isteyenler için sorunludur. Seçim sonrası Yeşil Yolcular tarafından Amerika'ya ölüm sloganları yerine Rusya'ya ölüm sloganları da çok atıldı. "İran petrolünün parası neden Lübnan'a ve Gazze'ye akıyor?" sorusu o dönem çok soruldu. Mezhep gözetmeksizin komşularla iyi ilişkiler kurmak gerektiği Musavi tarafından çok dile getirildi. Gerçekleri görmek gerekiyordu, rüya bitmişti, en azından o dönem öyle görülüyordu. İran rejiminin yayılmacı agresif Şiizminin Irak ve Suriye'de İran'ın pek de işine yarayacağını tarih gösterecekti. Ama akacak kan damarda durmaz misali İran'ın petrol parası da İranlılara değil bölgeye akmaya devam edecekti. İran Şii ütopyasını kurmak için çılgınca para harcıyor, Hamas'a finansman desteği tüm dünyanın bildiği bir gerçek. Lübnan İsrail savaşı sonrası tüm yıkılan mahalleler İran'ın finansal desteğiyle yapıldı. Bir de işin yumuşak güç tarafı var. Velayeti Fakih makamının da bu bölgesel hegemonyayı kurmada İran'a katkısı büyük. Bugün Lübnan'ın Şii mahallelerinde her yer Hamaney'in dev resimleriyle dolu. Iraklı Şiilerin Kum ile gönül bağı mevcut.

İranlılar, reformist olsun muhafazakâr olsun, ülkeleriyle övünürler ve iki tarafında da derdi aslında Pers İmparatorluğu dönemindeki gibi güçlü bir İran. Onun için sistemi, her şeyiyle silip atmak çok basit değil. Kuvvetler ayrılığı bir kere yerle bir edildikten sonra bir seçimle onarılması da mümkün değil. Bir adım ancak daha çok siyasetin kontrolünde bir velayet makamı olabilir.

Öte yandan İran rejimi de kendi devamlılığı için büyüyen dinamik İran orta sınıfının taleplerine yanıt verebilmek zorunda. 2009 seçiminde Yeşil Yol olarak gördüğümüz hareket işte tam da buydu. Yeni İran orta sınıfı, küreselleşen dünyanın bir parçası olarak, yeni talepleriyle siyaset sahnesine iniyordu.

Rejimin bir ideal toplum hedefi, tasavvuru var ve garip bir şekilde bu ideal toplum aslında varmış gibi davranıyor. Örneğin, İranlı kadınlar kendi istekleriyle örtünüyor diyor sistem, herkes aynı diyor, herkes dindar. Böyle enteresan inkârcı bir çerçeve çizilmiş herkes bu çerçeve içinde oynuyor. Yeşil Yol bu çerçevenin genişlemesi gerektiğini söylüyor. Aslında 2009 da o çerçevenin genişlemesi gerektiğini gösterdi.

Muhafazakâr adaylardan biri Mohsen Rezai'ydi, eski devrim muhafızları komutanı. Türkiye'yi çok sever Rezai, iki ülke ilişkilerine çok inanır, muhakkak Türk televizyonlarına da röportaj verir. Seçim öncesinde Rezai ile röportaj yapmak için kampanya merkezine gittik. Röportajda beylik şeyler söyledi. Zaten İranlı siyasilerin ne söyledikleri değil de ne söylemedikleri çoğu zaman daha önemlidir. Daha çarpıcı olan Rezai'nin kampanyasında çalışan gençlerdi. Saçları dik dik tepeye dikilmiş, yırtık kot pantolonlu çocuklar çalışıyordu Rezai için.

Her ülke gibi İran da değişiyor, rejim ise değişime kendi yön vermek, değişimi kontrollü gerçekleştirmek istiyor. Bu konuda aslında son kertede başarılı. Ancak rejimin bu kontrol bağımlılığı büyük acılara ve yaşamlara mal oluyor.

Yeşil Yol, bir umudun adıydı ama yaşayamadı. Yaşatılmadı. Tahran'ın sadece bir yarısı hürmetle anıyor Yeşil Yol'u. Onların kalbinde yaşıyor. Yeşil Yol ölürken beraberinde İran'ın reformistlerini de götürdü. 2009 sonrası reformistlerin bir daha siyaset sahnesinde yer almasına izin verilmedi. Liderler ev hapsine atıldı, reformist kelimesi medyada telaffuz ettirilmedi.

Rejim yeşil rengi kaldırdı yerine mor rengi koydu, reformistleri, "ılımlılar"la değiştirdi. 2013'te ılımlı ittifakı Rohani liderliğinde iktidara geldi. Aslında morları iktidara taşıyan yeşillerdi, İran'ın yaşadığı o dönemdi. Ama siyaset acımasız hele bu tür baskıcı rejimlerde daha da acımasız, Yeşil Yol'un liderleri çok ağır bedeller ödediler, kendileri değil ancak kısmen fikirleri iktidara gelebildi.

YEŞİL MASKELER

İran'daki sisteme demokrasi ya da demokratik demek elbette fazlasıyla zorlama. Sistemde demokrasiye dair pek az şey var.

İran'da sistem ikilemler üzerine kurulu. Devrimi yapanlar bunu Batı'ya karşı yaptıklarını düşünüyor ancak bir kısmının ilham kaynağı kısmen Fransız İhtilali, bir kısmınınsa ideali kısmen Bolşevik Devrimi. Rejim söylem olarak Batı karşıtı hatta Batılı her şeye alerjik. Ama aynı zamanda Batı tarafından onay görmek istiyor. İran bir Şii ütopyası peşinde, daha doğrusu bu ütopyayı gerçekleştirdiği iddiasında ve dünyanın bu sözde ütopyayı hayranlıkla izlemesini istiyor.

İran sistem içinde birtakım kuvvetler ayrılığı olduğu iddiasını hep güçlü tutuyor. Ya da seçim rejim için çok önemli, biz Suudi Arabistan gibi değiliz, bizde siyasiler seçimle geliyor, rejimin hep altını çizdiği söylemlerden birisi. İran için özellikle Suudi Arabistan ile yapılan karşılaştırmalar çok önemli. Malum biri Sünni, diğeri Şii dünyanın liderliği iddiasında. Muhtemelen İslam öncesi döneme ait bu karşıtlık İslam'ın bölgeye gelişiyle perçinlenmiş ve aslında dinler üzeri bir üstünlük ispatı savaşına dönüşmüş. Kökeni binlerce yıl öncesine dayanan bu kavga yakın zamanda sonlanmayacak. İran rejiminin ütopya iddiasının temellerinden biri de bu. Bölgenin ütopyası olma sevdası.

Seçimlerin yapılıyor olması rejimin meşruiyeti açısından önemli, onun için her seçimde tıpkı Humeyni'nin yaptığı gibi dinî Rehber Hamaney, tüm seçmenlerden oy kullanmasını ister. Sandık başına gitme oranı ne kadar yüksek olursa rejim onunla böbürlenir. "Halk seçimini yaptı!" demek rejimin en sevdiği şeydir. İşin aslı rejimin seçilmesine izin verdikleri arasından birini oy veren seçer, o da 2009 seçimlerinde gördüğümüz gibi her zaman değil.

Rejimin kendine göre bir hakkaniyet anlayışı, demokrasiyi taklit eder tarafı var. Bunlardan biri seçimlerden önce televizyonda yapılan münazaralar. İki veya daha fazla aday karşı karşıya geliyor ve tartışıyor. Genellikle İran seçimleri birden fazla adayla başlıyor ancak kampanya sürecinde, bazen başında bazen sonunda adaylar birbirleri lehine yarıştan çekiliyor. Ve tabii en ateşli münazara en kuvvetli iki aday arasında oluyor. 2009 seçim sürecinin iki yıldızı vardı; biri Mahmud Ahmedinejad, diğeri de Mir Hüseyin Musavi. İkisinin devlet televizyonunda karşı karşıya geldiği gün büyük gündü. Bütün İran bu güne kilitlenmişti.

Devlet televizyonu bir tür kampüsün içerisinde, kapısı Veliye Asr caddesi üzerindeki büyük parka bakıyor. Münazara günü Musavi taraftarları parkta toplanmıştı. Çok kalabalıktı, kalabalık ekseriyetle gençti. Çoğu üniversite öğrencisi belki ya da yeni çalışma hayatına atılmış olanlar. Çoğu ateşli, çoğu çokça hevesli.

Çimenlere oturmuşlar, bekliyorlar, sohbet ediyorlar, şakalaşıyorlar. Gülümsüyor pek çoğu, neşeliler. O günlerde her şeye rağmen neşeli bir hava hâkimdi İran'a. Bir şey değişmemişti ama değişim umudu vardı. Uzun bir zamandan sonra ilk kez gerçekten umut olduğunu düşünüyordu insanlar. İlla rejimin değişmesine gerek yoktu, dünya ile daha uyumlu, içe kapanmamış, daha açık bir İran mümkündü. Bu gençlerin muhtemelen pek çoğu daha önce hiç İran dışına çıkmamıştı. Tam anlamıyla Avrupa gibi bir İran tahayyül edemezlerdi belki çünkü Avrupa ne bilmiyorlardı, ama özgürlük tıpkı işbirliği gibi bir insan güdüsüydü. Muhtemelen içlerinde ta içlerinde bir kıpırtı vardı, bir his, ve o hissi takip ediyorlardı.

O gün Ahmedinejad'ın televizyonda, Musavi'nin karısının mini etekli üniversite yıllarına ait fotoğrafları kastederek, elindeki dosyayı sallayıp, "Göstereyim mi, göstereyim mi!" dediği gündü...

Aslında kalabalık gergin değildi, en azından öyle görünmüyordu ama muhtemelen, yaklaşan gerginliğin habercisiydi. Seçim sürecinin başından beri Mohsen ile Musavi'nin ateşli kampanyalarını, gençlerin eylemlerini, Ahmedinejad taraftarlarının toplantılarını takip etmeye çok alışmıştık. Bu gruplar zaman zaman karşı karşıya bile geliyor ufak tefek gerginlikler de yaşanıyordu ama majör bir şey olmamıştı. Aslında bu süreçte Tahran sokakları hep de bu eylemler sayesinde oldukça renkli ve hareketliydi. Veliye Asr caddesini bir gece Musavi taraftarları, öteki gece Ahmedinejad taraftarları dolduruyordu, hiçbir zaman Tahran'ın kalbi boş kalmıyordu, hep beraber bu harekete alışmıştık. Tahran'ın kapalı kapılar ardındaki gece hayatı aslında son derece politize biçimde bu seçimde sokaklara dökülmüştü. Aileler, bekârlar, gençler, yaşlılar evleri yerine sokaklarda yemeklerini yiyorlar, müzikle yerine göre sallanıyorlar, yerine göre dans ediyorlardı. Ama bu akşam farklıydı!

Musavi'nin binadan çıkmasıyla ortalık hareketlendi. Uzun bir yaz günüydü, hava hâlâ yarı aydınlıktı. Musavi'yi bekleyen otobüsü sardı kalabalık, sloganlar gür çıkıyordu, "Ya Hüseyin mir Hüseyin" aslında son derece İslami konotasyonu olan bu slogan o kadar seküler bir tonda çıkıyordu ki ağızlardan rejim için kafa karıştırıcıydı. Musavi'nin adı Mir Hüseyin Musavi, tıpkı Aşura'da "Lebbeyk ya Hüseyin"* der gibi sesleniyorlardı.

Yeşil Yol'un aslında rejim için en büyük tehdit oluşturan tarafı buydu. Bu yola baş koymuş çocuklar aslında söylem olarak rejime aykırı bir şey demiyorlardı, rejimin Şiist sloganlarını bolca kullanıyorlardı. Ama tam anlamıyla yapı bozumcu bir durum söz konusuydu. Tüm bu tarihi Şii çileciliğinin ağırlığını taşıyan cümleler, yeni anlamlar kazanıyordu bu süreçte. '79 devrimi sürecinde dillere pelesenk olan marşlar yeniden söyleniyor, o dönemki değişim isteğinin yerini ise bu kez aynı dizelerde başka bir talepler alıyordu.

Kalabalık minibüs çevresinde sıklaşmaya, sloganlar daha yüksek sesle söylenmeye başlandı. Rüzgârın dönmeye başladığını gösteren ise peyda olan maskelerdi. Gençlerin bazıları yeşil maskeler örtmeye başladılar. Birileri yüzlerini gizleyip kimliklerini saklamaya başlamışsa tehlike yaklaşıyordur. Mesleğim ve yaşadıklarım bana bunu öğretti. Yüzler kapanır kapanmaz sanki atmosfer değişti, o güne kadar her türlü toplantıyı, mitingi uzaktan izleyen Devrim Muhafızları hareketlendi. Kalabalığı bölmek üzere saf tutmaya başladılar. El ele tutuşarak bir hat kurdular. Ateşli kalabalığı kuşattılar. Aynı hat bizi de yardı. Kameraman arkadaşım Mohsen diğer tarafa geçmeyi başardı, ben ise kaldım. El ele tutuşmuş devrim muhafızlarıyla burun burunaydım. Mohsen'e seslendim ama beni duymadı, onun derdi minibüsünden el sallayan Musavi'nin görüntülerini almaktı. Arkamda biriken kalabalık da Musavi'ye yaklaşmaya çalışıyordu, yüklendikçe yükleniyorlardı, ezilmek üzereydim, soluksuz kalmıştım ve sahadaki her televizyon muhabiri gibi kameramanımı kaybetme endişem vardı. Bir yerden sonra iki ayrı insan gibi değil de tek insan gibi olursunuz

* "Buradayız, emrine amadeyiz."

kameramanla. Kriz durumlarında haber yapabilmek için bazen tek bir beyinmiş düşünmek gerekir. Kalabalığı tutan devrim muhafızlarının bırakmaya niyeti yoktu. İnsan sıkıştığı anlarda, elinden geleni ardına koymuyor. Hiç düşünmeden önümdeki devrim muhafızlarını kucaklayıverdim. Zavallı adamcağızın gözleri fal taşı gibi açıldı, muhtemelen çok da korktu, hanımefendi ne yaptığınızı sanıyorsunuz, diye feryat edip geri çekildi. Kadın-erkek temasının kesinlikle hoş görülmediği bir toplumda muhtemelen böyle bir şey ilk kez başına gelmişti. O an hiçbir şey umurumda değildi, hayatımda düşünmeden yaptığım pek çok şeyden biriydi. Ve sanırım doğru şeydi; o abluka içinde kalsaydım, bir yabancı gazeteci olarak başımı tehlikeye sokmam işten bile olmayacaktı. Mohsen'i kaybettiğim için de akıbetim hakkında muhtemelen uzunca bir süre kimsenin haberi olmayacaktı. Elin adamına sarıldım ve o kalabalıktan sıyrılmayı başardım. Mohsen'i yakaladım. O akşam boyunca çekime devam ettik. Musavi ayrıldıktan bir süre sonra kalabalık dağıldı, o akşam sert bir müdahale olmadı ama gördüğüm atmosfer yaşanacakların habercisiydi.

SABAH KALKTIK Kİ AHMEDİNEJAD KAZANMIŞ

Sabah bir kalktık ki Ahmedinejad kazanmış; akşam yatarken Musavi öndeydi, ne oldu, ne zaman oldu! Tahran'da hissiyat buydu. Aslında bir anlamda canlı gördüm nasıl olduğunu. Gece boyu yayındaydık. Cumayı cumartesiye bağlayan gece her saat başı, oy sayımından güncel oy oranları veriyordum. Oranları İran devlet televizyonundan takip ediyordum. Gece saat iki sıralarına kadar oranlar başa baş gidiyordu. Hatta akşam stüdyoma konuk olan İranlı gazeteci Maziar Bahari, içeriden aldığımız bilgelere göre Musavi kazandı, bitti bu iş diyordu. Ne olduysa sabaha karşı dörtte, birdenbire sonuçlar ilan ediliverdi. Daha gece ikide oyların yüzde 60'ı, 70'i sayıldı deniyordu, ne oldu da iki saat içerisinde onca pusula sayıldı da haydi bu iş bitti dendi.

Ağır bir sabaha uyandı Tahran, kurşun gibi ağır. Televizyonlar Ahmedinejad'ın zaferini ilan ediyor. Nereden ne kadar oy çıkmış herkes anlamaya çalışıyor. Gözümüz devlet televizyonunda, kulağımız Radyo Farda'da*.

Öğleden sonra olanlar oldu. Tahran'ın merkezinden dumanlar yükselmeye başladı. Biber gazına önlem olsun diye gençler çöp kutularını devirip ateşe veriyorlardı. Kapkara duman yükseliyordu. Can havliyle haykırıyordu herkes. Merkezden kuzeye doğru geliyordu eylem, görüyorduk. Ara sokaklardaydı daha ziyade eylemciler, yer yer Veliye Asr'a kayıyorlardı.

Devrim muhafızı, polis, güvenlik güçleri adına kim varsa hareketlendi. Meydan muharebesi gibiydi sokaklar. Haykırışlar, dumanlar, gaz bombası sesleri! Bu daha başlangıçtı, başlangıç olduğu da belliydi.

Öfke vardı, peki ne olacaktı? Sokağa çıkan İranlılara siyaset ne cevap verecekti. Büyük Ortadoğu'nun 2010'lu yılları, sokaklar ve sokaklara reel siyasetin verdiği yanıttan ibaret aslında. 2009, işte bu anlamda İran'da dönüm noktası oldu.

Rejim, sistemde bir tür kuvvetler ayrılığı olduğunu iddia ediyor. Ama aslında son sözü söyleyen tek bir kişi var: İran'ın dinî Rehberi Ali Hamaney. Rehberlik makamı enteresan bir merci. Devrimden sonra ilk Rehber, malum, Humeyni. Devrimi yapanlar o dönemde sosyalistler, komünistler, liberaller, İslamcılar. Şah'ın İran'dan ayrılışı sonrası yeni sistemin nereye evrileceğini belirleyen ise Humeyni'nin Fransa'dan sürgünden dönüşü. İfadesiz bir adam Humeyni, bence duygusuz. Fransa'dan kalkan uçağı havadayken bir gazeteci soruyor: Yıllar sonra İran'a, memleketinize geri dönüyorsunuz ne hissediyorsunuz? Humeyni yanıt veriyor, hiçbir şey, hiçbir şey hissetmiyorum. Hiçbir şey hissetmeden geliyor Humeyni ve devrimin tepesine oturuveriyor. Batının

---

* Farda, Farsça yarın demek. Radyo Farda yurt dışından Farsça yayın yapan muhalif bir radyo. İran'dan haberler veriyor. O yıllarda önemli bir haber kaynağı idi.

Müslüman yoğunluklu coğrafyalarda sekülerizme karşı İslami rejim romantizmi o dönemden beri bitmek bitmiyor.

Gelir öyle sembolik olarak oturur, arada belki dinle ilgili görüşlerini iletir diye düşünmüştük, diyor İranlı bir arkadaşım.

Fathali Moghaddam, *Diktatörlüğün Psikolojisi* kitabında, o dönemde o kadar ciddiye almadı ki İslamcıları, diye anlatıyor. Pek çoğu ayak takımıydı, iktidar olamazlar diye düşündük diyor; ama gelelim ki öyle olmuyor.

Rehberlik makamı sembolik olarak kalmıyor, tam tersine Şah hangi koltuktan kalktıysa Humeyni bir yerde o koltuğa oturuyor. Rehber aynı zamanda Velayeti Fakih. Bu tartışmalı bir kavram olmakla beraber, peygamberlerin yerine geçen kişinin peygamberin yaptıklarını devam ettirmesi anlamına geliyor. Dayanağını 12 imam inancından alsa da, İran Devrimi'ne kadar Şii inanışında böyle bir kavram yoktu, Humeyni ile birlikte gelmiş oldu. Velhasıl kelam, Rehberlik koltuğunda oturan kişi hem siyasi, hem de dinî olarak her şeyin üzerinde tek otorite. İsterse idam mahkûmlarını da affedebiliyor, seçimi kimin kazandığına da hükmedebiliyor. Humeyni'nin ardından Rehberlik makamında Ali Hamaney oturuyor. 2009 seçimi konusunda "son" sözü Ali Hamaney söyledi. Ahmedinejad'ı muzaffer ilan etti, tebrik etti. Rejimin idealinde bundan sonra olması gereken, herkesin susup oturmasıydı, zira ulusun "babası" raconu kesmişti, artık oyun bitmişti, artık eve dönme zamanı idi. Bu şu demekti, bundan sonra yapılan sokak gösterilerine müsamaha gösterilmeyecekti, babadan şefkat tokadı dönemi bitmişti. Bundan sonrası İran gençliği için de İran rejimi için de yeni bir testti. Dünyada olup bitenden az çok haberdar gençler haklarını arayacak, Rehber'i sorgular hale geleceklerdi.

Öyle bir süreç başladı ki İran'da, öfkenin nereden ne zaman patlayacağı belli olmuyordu. Fatima Meydanı'ndaydık bir gün, seçim sonrası atmosferin haberini yapmak için sakin sakin çekim yapıyorduk. Meydanın bir köşesinden boğuk bir ses, bir haykırış yükseldi, "Marg bar diktator"*. Bir sloganın ardından bir slogan daha; üç beş derken bütün meydan, herkes tek bir ağızdan başladı, diktatöre ölüm! Diktatöre ölüm! Ara sokaklardan meydana insanlar akıyordu bağırarak; gençler, yaşlılar, kadınlar, erkekler. Nefesim kesildi, çek Mohsen diyordum çek, her saniyesini çek. Orta yaşlı bir adamcağız, nefes nefese yanımıza geldi, kaçın dedi hemen kaçın, geliyorlar. Mohsen aceleyle kamerayı indirdi, şaştım kaldım, tarih yazılıyor Tahran sokaklarında ve biz kamerayı kapatıyoruz, olacak iş değil. Ne yapıyorsun diye çıkıştım Mohsen'e, yahu kim gelirse gelsin, çekmeye devam et sen, hatta ben şimdi anons çekeceğim, eylemciler arkamda olsun, şurada dur... Motor sesleri kesti sözümü... Motorların üzerinde sakallı pejmürde adamlar, nam-ı diğer Besiciler. Ellerinde zincirler ve sopalar. Ortaçağ gibi, sopalarını zincirlerini savura savura yarıyorlar kalabalığı. Ağır demir zincir, adamın kafasına isabet etti, gözümün önünde, acı içinde yere yığıldı adam, kadınlar korkuyla kaçıştılar. Vicdanı, duygusu olmayan adamlar bunlar. Öldürmeye gelmişler, can yakmaya, acıtmaya gelmişler.

Besiciler, rejimin ceplerine üç beş kuruş sıkıştırdığı kenar mahalle çocukları. Devrimden sonra ordu paramparça olup gitmiş İran'da. Devrimin hemen ardından savaş patlak verince, halk mobilize olmuş, genç yaşlı, kadın erkek, cepheye gitmiş İranlılar. Neye niyet neye kısmet, Besiç denilen bu paramiliter güçler o günlerden miras. Günümüzde Besici dediğin, mahallenin camilerinde örgütlenen gariban çocuklar. Rejim ceplerine az para koyuyor, altlarına motor, ellerine sopa veriyor. Bu çocuklar sonra kendilerini kral, efe, paşa zannedip havalara giriyor. Genç, yoksul

---

* "Diktatöre ölüm". Rejim genellikle bu sloganı "Marg bar Amrika" yani Amerika'ya ölüm diye attırıyor. Rejimin kendi söylemi, döndü kendini vurur oldu.

çocuklar bunlar çoğunlukla, iyi okullara gidemeyecekler, sevdikleriyle evlenemeyecekler, üç-beş kuruşa çalışacaklar hayat boyu. Kadersizler, kadersizliklerine öfkeliler. Motorlarıyla güneyden kuzeye geliyorlar böyle günlerde, sanıyorlar ki kadersizliklerinin müsebbibi kuzeyde oturanlar; üniversiteye giden kadınlar, heykel yapan erkekler, tiyatro izleyenler, denize mayoyla girenler. Düşmanları sanıyorlar onları, rejimin kullanışlı aptalları bu zavallı çocuklar halbuki, haberleri yok. Sanıyorlar ki vurdukça kadınlara, acıttıkça adamları dünya düzelecek, kara talihleri değişecek.

Kaç diye bağırdı Mohsen, tuttu kolumdan savurdu hafifçe. Türk televizyonculuğu öyle bir şey ki, yeri geldiği zaman, adeta gözünü karartıyor insanın. Hep daha fazla hareket hep daha fazla heyecan, bağımlısı olup çıkıyorsun. Bana kalsa çakılı kalırım oraya, hayatta kıpırdamam her saniyesini her saliseni çekerim, o an meydanda bulunan tek gazeteciyim, tek gözüyüm tek kulağıyım dünyanın, hayatta bırakmam. Ama oraların kuralları başka, sadece kendimi değil çalışma arkadaşımı düşünmek zorundayım, onun ve ailesinin geleceğini. Yokuş yukarı çılgınlar gibi koşmaya başladık. Kalabalık dağılıyor, hatta etrafa saçılıyor. Bir yandan bağırıyor herkes. Bir üstgeçide çıktık, Mohsen her şeyi göze aldı, caddede olup bitenlere yukarıdan görüntülemeye başladık. Her şey hemen ötemizde, gözümüzün önünde yaşanıyordu.

Dövüşe dövüşe çekildik derdi Ankara'da devrimci ağabeylerimiz, Tahran'da da tam olarak bu oluyordu. Kalabalık, pundunu bulduğunda Besici motorlarını deviriyor, yere düşenin vay haline, tekmeliyorlar, yumrukluyorlar yere düşen Besicileri, motorları ateşe veriyorlar cayır cayır. Toplum bölününce, taraflar birbirine nefret besleyince işte bu oluyor. Yıllardır başörtüleri kaydı diye sokaklarda sopalanan kadınlar, devrime düşman diye üniversiteden atılan gençler, çocuklarını, kardeşlerini cezaevlerinde yitirmiş analar babalar, intikamlarını bugün böyle alıyorlar. Yere düşürdükleri bu pejmürde, sakallı çocukları döverek, yerlerde tekmeleyerek Besicilerin ucuz motorları alev alev yandıkça caddenin ortasında içleri eriyor belki de, hafifliyorlar az da olsa.

Seçimin ardından uzunca bir süre, normal akışında seyretti hayat Tahran'da. Gün içinde eylemlerin nereden patlak vereceği belli olmuyordu, yapılan müdahale gitgide sertleşiyordu. Laleh otelin önünde trafikteyiz, iklim iyice sertleşmiş. Rejim, eylemlerin ardında yabancıların parmağı var diyor. Pek çok yabancı gazeteci sınırdışı edilmiş, pek çoğu ajan diye damgalanmış. Özel bir gün değil, herhangi bir gün ve Tahran trafiği her zamanki gibi kilit. Birdenbire arabalarından çıkmaya başladı insanlar, çıkanlar haykırıyor "Diktatöre ölüm!" Arabasında oturan tek kişi bile kalmadı. Bazı gruplar sosyal medyada haberleşiyor ve bu tür eylemler planlıyorlardı belki ama eylemlerden haberdar olmayanlar da katılıyordu. Duygu yoğunluğu gitgide artıyordu sokaklarda, rejimin müdahalesi de sertleşiyordu. Eylemlere müdahaleyi Besiciler yapmıyordu sadece artık. Daha profesyonel birtakım ekipler devreye girmişti. Arabasını bıraktı herkes yolun ortasında, sloganlar gitgide şiddetleniyordu. Bir çöp kutusunu devirdi gençler, ateşe verdiler. Müdahale gelecekti, biber gazına hazırlık yapıyorlardı. Biber gazı solda sıfır kalırdı. Enduro Honda motorlarına binmiş bir ekip bitti olay yerinde. İnanılmazdı. Sanki havadan uçarak geldiler. Caddeye inen merdivenler vardı, o merdivenlerden aşağı motorlarla atlaya atlaya geldiler. Onlarcası bir anda ortalığı birbirine kattı. Pejmürde kılıklı sakallı çocuklar değildi bunlar. Bayağı uzun boyluydu çoğu, simsiyah üniformalar giymişlerdi. Mohsen bazılarının Arapça konuştuğunu duyduğunu söyledi. Nasıl İran zaman zaman Lübnan ve Suriye'ye "destek" yolluyorsa, zaman zaman Lübnan Hizbullah'ı da bu tip işler için "desteğe" geliyor tabii İran'a. Motorlular önlerine her gelene indiriyorlardı copu. Allah ne verdiyse. Yerlere düşüyorlardı çocuklar, kaçıyordu bazıları. Sakın sesini çıkarma dedi Mohsen, yabancı olduğunu anlarlarsa, ajan diye alır götürürler vallahi seni. Arabaya girmem en akıllısı olacaktı, ama giremiyordum, dondum kaldım. Guernica gibi bir şey oluyordu hemen önümde, korkunç, tüyleri diken diken eden, gözleri dolduran. Kıpırdayamıyordum, faltaşı gibi açılmıştı gözlerim, bakıyordum. Tam önümde, sakallı uzun boylu kumral bir çocuk düştü. Motorlu geldi hemen yanı başına. Çocukcağızın boynu, motorun ön tekerinin hemen önündeydi, bir santim vardı motorun çocuğun boynunu ezmesine. Motorlu çocuğu korkutmak için gaza yükleniyordu. Motor böğürüyordu cayır cayır. Hemen bir metre önümde, kopuverecekti çocukcağızın boynu. Nefesim kesildi, dondum, öylece kalakaldım. Motorlu biraz korkuttu çocuğu, ezer gibi yaptı yaptı, sonra bastı gitti, çocuk da kalkıp kaçtı. Ama asla nefes alamadım; boğazıma nefes gitmedi dakikalarca.

Eylemler sırasında, sokakta bir kişi öldü Tahran'da. En meşhur yürüyüşte. Oyum nerede eyleminde. Seçimden bir hafta sonra düzenlendi. Ağızdan ağıza yayıldı, Yeşil Yolcular başı çekti. İstiklal'den Azadi'ye yürüdü kalabalıklar, oyum nerede diye sordular. Sessiz yürüyüştü, kimseden çık çıkmadı, slogan yoktu. Sadece pankartlar vardı bir tek soru soran, "Oyum nerede?" Gezi'den Arap Baharı'ndan çok önceydi bu olanlar, o güne dek öyle bir kalabalık görmemiştim. Yüzbinlerce insan sessizce akıyordu, kentin bir ucundan diğer ucuna. Nehir gibi akar mı kalabalıklar, akıyordu işte, hem gürül gürül, hem sessiz. Ne olduysa orada oldu. Bir an bir silah sesi ve ortalık karıştı. Besicilerin kullandığı bir binadan ateş açılmıştı, gencecik bir kadın, Neda Agasoltan, boynundan vuruldu. Son soluğunu verdi oracıkta. Kara kapkara günler başladı İran'da.

Geceleri sokak sokak çatışıyordu Tahran. Yeşil Yolcular korsan eylemler yapıyorlardı, Besiciler onları kovalıyordu. Besiciler yakaladıklarını sopalıyordu, eylemciler Besicileri yakalarsa motorlarını yakıyordu. Aslında oyun gibi görünüyordu bazen ama her köşe başında kan akıyordu.

Sistemlerin önünde iki yol var bu tür başkaldırılarda, ya uzlaşmaya gideceksin ya da çok sert bastıracaksın. Çok sert bastırıldı İran'da. Sokaklarda yaşanan çatışma işin küçük bir kısmıydı, asıl korkunç olan sonrasıydı.

Eylem gerçekleşen bölgelerde bazı arabaları işaretliyordu polis. Kocaman beyaz bir çarpı işareti konuyordu arabaya, bu, aracın sahibi aracı burada bıraktı ve eyleme gitti, demekti. Eylemcileri fişliyordu sistem. Fakat öyle şeyler oluyordu ki, eylemler çoğu zaman merkezi yerlerde patlak veriyordu, insanlar civara alışverişe, iş güç halletmeye gelmiş oluyordu. Orta yaşlı bir kadıncağız mesela bir gün, üzerine çarpı işareti konmuş aracının önünde çığlık çığlığa haykırıyordu. Elinde alışveriş torbaları vardı kadıncağızın, torbaları falan etrafa saçtı, dövünmeye başladı. Yanlış yerde, yanlış zamandaydı ve kim bilir hangi polis, hangi işgüzarlıkla bu arabaya çarpıyı basıvermişti. İşte böyle basit bir şanssızlık, baskıcı rejimlerde her şeyin sonu demek olabiliyor. Yanlış anlama sonucu yanlış infaz, kimsenin umurunda bile olmaz. Üstü kapanıverir geçer gider.

Sadece arabalara değil, evlere de çarpılar atılmaya başlandı birkaç gün içerisinde. Geceleri, beyaz *peykanlar** sokak sokak dolanıyor ve belki de önceden belirlenmiş bu evlere çarpı atıyorlardı. Sonra birileri, artık hangi birimin, hangi bir istihbarat kolu, gelip götürüveriyor evdekileri ansızın.

Hem yaşananlar korkunçtu, hem söylentiler. Söylentiler de propagandanın bir parçasıydı neticede. Yarısı doğru, yarısı abartılı, kulaktan kulağa dolanan söylentiler ülkenin üzerine çökmüş olan korku bulutunu kararttıkça karartıyordu. Sözde, mesela böyle bir gece ansızın götürülen bir genç kızın cesedi günler sonra ailesine

---

* İran'ın yerli yapım arabaları, 2000'de çevre dostu olmadığı için üretimi durduruldu ama hâlâ kullanılıyor.

teslim edilmişti. Aile naaşı alınca perişan olmuştu çünkü kızcağızın belden aşağısı asitle yakılmıştı. Söz konusu aile gerçek mi, var mı bilinmiyordu, olay gerçek mi doğrulama imkânım olmadı. Bu söylentinin yayılması eylemcilere mi yaradı yoksa rejime mi orası da tartışmalı. Bir başka söylenti, içeri atılan genç kızlara önce tecavüz edildiğiydi. Söylentiye göre, işkencede ölürlerse bakire oldukları için cennete gitmesinler diye, önce ırzlarına geçiliyordu. Baskıcı rejimlerde gerçekten mezalimin sonu yok, akıl almayacak kadar korkunç şeyler yapılabiliyor, yaptırılabiliyor, konuşulanların ne kadarı gerçekten oluyor ne kadarı kan donduran dedikodular bunları bilmenin ise çoğu zaman imkânı yok.

Ancak bilebildiğimiz şunlar var, gerçekten 2009 seçimi sonrası yaşanan olaylar sonrasında, pek çok insan hapse atıldı, pek çoğu yargılanmadı bile. Hasbelkader yargılanma şansını yakalayıp hâkim karşısına çıkabilenlerin kimi zaman avukatları da tutuklandı. Tahran'ın kuzeyinde villa görünümlü işkence evleri ortaya çıktı. Hapislere ya da cezaevlerinde yaşamını yitiren eylemciler oldu, zaman zaman bunların haberleri çeşitli haber ajanslarına da yansıdı. Hatta yaşamını yitiren bu çocukların ailelerinin toplu bir şekilde mezarlığa gelmeleri engellendi. Bazıları Tahran'ın en büyük mezarlığı Beheşti Zehra'ya gömüldü, çocuklar için ağıt yakılmasın diye yeri geldi rejim önlem aldı. Cezaevinde görevli devrim muhafızı bir genç intihar etti. Otoriteler çocuğun zaten psikolojik problemleri olduğunu söyledi, gencin tanık olduğu işkence seanslarına vicdanen dayanamadığı söylendi. Bunların hepsi herkesin gözü önünde oldu fakat İran televizyonları haberini yapmadı, gazeteleri yazmadı. Yeşil Yol'a yakın bazı internet siteleri yazdı. Ölen öldürülen bu çocukların yaşadıkları, suya yazılan yazı gibi, sabun köpüğü gibi belki okundu birileri tarafından silindi gitti sonra. O çocukları, o gençleri, yakınları hatırlıyor sadece bir de aileleri. İstedikleri tek şey vardı oysa ki ben oyumu sandığa attım, benim oyumu da sayın, dediler. Gırtlaklarına yarı cahiller, caniler çökmesin istediler. Verilen savaşı daha onurlu daha değerli yapan nedir acaba ki, İran'ın bu çocuklarının portreleri Tahran'da apartmanların duvarlarına çizilmedi. Devlet yas ilan etmedi bu çocuklar için, arkalarından methiyeler düzülmedi.

Resmi savaşlar, resmi mücadeleler var bir yanda, muktedir için verilen, hep övülüyor onlar kutsanıyor. Bir de başka savaşlar var, başka kutsallar için verilen, gayriresmi kutsallar, gayriresmi doğrular, ilkeler için verilenler. Biri sabah akşam avaz avaz feryat figan, duvarlarda televizyonlarda hatırlatılıyor, aman unutulmasın isteniyor; diğeri sadece kalplerde kalıyor ama kalplerin en derin en hakiki yerlerinde.

SEÇİM GÜNÜ

Kadınlar cumhurbaşkanı adayı olamıyor, ayda bir kanadıkları için doğru karar veremezlermiş. Daha doğrusu şöyle aslında; herkes adaylık başvurusunda bulunabiliyor da, kim aday olabilir kim olamaz "Anayasayı Koruyucular Konseyi" karar veriyor. Kadınları direkt eliyor, siyasi olarak sakıncalı olanların hiç şansı yok. Siyasi sakınca derken; liberaldir, solcudur bunlardan zaten bahsetmiyorum. Vakti zamanında rejimin en has adamı olup rüzgâr döndüğü için adaylığı onaylanmayanlar da olabiliyor.

Anayasayı Koruyucular Konseyi'nin onayını aldıktan sonra iş daha kolay, rejimin meşru adaylarından biri olarak cumhurbaşkanı olmak isteyen kişi yoluna devam edebiliyor. Sandıktan zaman zaman sürpriz çıkabiliyor. Ahmedinejad ilk seçildiğinde, 2005 yılında sürpriz olarak değerlendirilmişti mesela. 2009'da sandıktan ne çıktığı hâlâ tartışmalı ve hep tartışmalı olarak kalacak. Ama İran siyasetinde öyle veya böyle bir dönüm noktası yaşanmış olacak.

Oy verme günü elbette kimsenin bunlardan haberi yoktu.

İran'da seçimler 101: Sandık başları ne kadar doluysa reformistlerin seçilme şansı o kadar yüksek olur. Bu bilgi aslında şuradan geliyor: İslam devriminden sonra İran'dan kaçan aydın, entelektüel çok oldu. Ancak elbette kaçanlar kadar geride kalanlar da var. Kalanların pek çoğu sisteme küskün. Küskünler çünkü yok sayılıyorlar. Kaybetmişler, bastırılmışlar, kenara itilmişler.

Devrimin ardından yapılan ilk seçimlerde, başı açık kadınların seküler görünümlü erkeklerin oy kullanmasına çeşitli bahanelerle o zamanlarda Hizbullahçıların, sakallıların oy vermelerini nasıl engellediklerini, engellemeye çalıştıklarını anlatırlar yaşça büyük olanlar. Sandıklar hep camilere kurulmuş, kadınlara açıksınız abdestsizsiniz giremezsiniz demişler, bunu bile yapmışlar. Oy vermeye savaşa gider gibi gitmişler insanlar devrimin ilk yıllarında. Kavga, dövüşle oy vermişler. Oy verebilenleri tabii o da. Eskiler sisteme hiç inanmadıkları hiç güvenmedikleri için oy vermeye gitmemeyi tercih ediyorlar. O kuşak, genellikle kendilerine reformist, ilerici diye sunulan adayları da beğenmiyor. Reformistleri çoğu zaman muhafazakârlardan farksız görüyor, ama yine de illa seçmeleri gerekirse reformist adayı seçiyorlar, kendilerine göre kötünün iyisini.

Daha genç kuşak ise diğerlerinden farklı. Anne, babalarının tanık olduğu devrimin ilk yıllarını yaşamamışlar, bu sistemin içinde büyümüşler ve aslına bakarsanız alternatifini de pek bilmiyorlar. Pek çoğu seçimde oy vererek gerçekten bir şeyleri değiştirebileceğini düşünüyor. Daha farklılar yani.

Dolayısıyla sekülerler, gençler sandık başına gittiği zaman genellikle sandıktan reformist aday çıkıyor.

Seçim günü tek tek oy verme merkezlerini geziyoruz. Kuzeyde sabah erkenden sandıklar hareketli. Güneye de bakalım diyoruz. En meşhur oy verme merkezi Hüseyniye Erşad Camii. O uygulama hâlâ aynı, camilerde oy veriliyor, ama artık başı açık gezmeye izin olmadığı için, girersin giremezsin kavgası yok. Aslına bakarsanız rejimin işine gelmeyecek bir aday da olamadığı için halkın kimi zaman kime oy verdiğinin de pek önemi yok.

Sandık başları sakindi, olaysız, oy verme işlemi sürüyor. Hüseyniye Erşad'da kuyruk uzamış gitmiş. İnsanlarla röportaj yapıyorum. Genellikle kime oy verdiklerini söylemekten çekinmiyorlar. Kime sorsam Musavi diyor. Haberimin sırf Musavi'ye oy vereceklerle dolmasını istemiyorum. Soruyorum, sorduruyorum Ahmedinejad'a oy verecek yok mu? Yok. Koca oy verme merkezinde Ahmedinejad'a oy vereceğini söyleyen bir kişi bulamıyoruz.

Önyargılar işte hiçbir zaman peşimizi bırakmıyor. Siyah çadorlu* bir kadın gördüm, çadorlu ya kesin Ahmedinejad'a oy verir diye düşünüyorum, mikrofon uzatıyorum. Musavi'ye oy vereceğim. Musavi gelsin de şu ambargolar kalksın artık bıktık, diyor.

Musavi seçim kampanyası boyunca daha uzlaşmacı bir dış politikadan bahsetti. Müzakerelere başlamak istediğinin sinyalini verdi. Aslına bakarsanız İran'ın çok da başka şansı yok zaten. Amerika havuç-sopa sistemine başladığı zaman az ülke karşısında durabilir. En son, İran karasularına giren gemilere sigorta ambargosu geldi mesela. İran karasuyuna giren gemiler Batılı şirketler tarafından sigortalanamayacak, böyle bir uygulamanın kim karşısında durabilir ki?

Muhtemelen Ahmedinejad da aslında müzakereyle ambargoları kaldıran olmak isterdi, sistem ona izin vermedi. Rejim bu tür hamleleri Hatemi döneminden başlayarak, reformistlere yaptırıyor. Hamaney'in bu konuda uyguladığı strateji de hep aynı. Müzakere süreci başladığında kalkan ambargoları yetersiz bulma, burun kıvırma; ölme öldürme retoriğine devam ederek müzakere sürecinde masanın diğer ucunda oturanları huzursuz

* Çodor, çador yahut çadur. İran'da kadınlar tarafından giyilen bir çarşaf [ed.n.]

etme. Başarıyı küçümseme. Başarısızlık durumunda ise külfeti tamamen reformistlerin üzerine bırakma; rejimin en çekirdek en gerici kısmını yaşananlardan ak kaşık gibi çıkarma. Dolayısıyla reformistlerin rejim için kullanışlı tarafı var.

Her ne kadar İran rejimi, her fırsatta hiçbir ambargo bizi yıldırmaz, yıpratmaz nutku atsa da, işin aslı öyle değil. Ambargolar elbette her sistem için yıpratıcı. Uçak parçasından tutun, kimi basit kimyasal malzemelere kadar İran normal yollardan edinemiyor, bütün bunları üçüncü şahıslardan çok pahalıya almak zorunda kalıyor. Rusya ve Çin istediğini istediği fiyattan İran'a satabiliyor. Yabancı yatırımcı, sermaye doğru düzgün olmadığı için işsizlikle baş etmek güç oluyor. Petrol parası her zaman her şeyi ört bas etmeye yetmiyor. Bütün bunların faturası sokaktaki düz vatandaşa çıkıyor. Dolayısıyla ambargolar konusunda bir dokunup bin ah işitiyorsunuz. Reformistleri isteyenlerin bir kısmı da tam da bundan ambargolardan yıldıkları için Musavi'ye oy verdi.

Peki ambargoların sorumlusu kim? Perspektife göre bakış açısı değişiyor. Kimileri "Bu cahil mollalar yüzünden," diyor. Kimileri direkt Amerika'yı suçluyor. Muhafazakârlara göre Amerika kâfir, cani; fakat solcular için de durum karışık. Kimi solcular mevcut İran rejimini Amerika'nın beslediğini büyüttüğünü düşünüyor.

2013 seçimlerinde yine Hüseyniye Erşad Camii'ne bu kez CNN TÜRK için gitmiştim, elimde CNN TÜRK mikrofonu vardı. Reformist giyimli bir grup 50 yaşlarında kadın bana "Marg Bar Amrika" diye seslenmişti. Bu coğrafyada Batı yeri gelince herkese kendi seçtiği nedenlere göre düşman.

Ve fakat ona buna "şeytan" diye haykırmak sahadaki gerçekleri değiştiriyor. Ambargo fakirlik ve buhran getiriyor. Seveni de sevmeyeni de sonunda uzlaşı istiyor. 2009 haziranında sandık başında esen hava buydu. Yorulmuş, yorgun düşmüş ve umut isteyen bir seçmen, Hatemi'den sonra ilk kez bir nebze bu seçmene umut veren Yeşil Yol hareketi vardı ve insanlar sandık başına gitmişlerdi.

Gece saatlerine kadar süren oy verme işlemi, Yeşil Yol'un kazanabileceğini gösteriyordu. Bütün uzman gazetecilerin de görüşü bu yöndeydi. Hepimiz çekimlerimizi yaptık, haberlerimizi geçtik ve sonuçları beklemeye koyulduk.

MUHTEŞEMİPUR

Belki de hayatımda yaşadığım en gergin sabahtı. Mir Hüseyin Musavi'nin basından sorumlu yardımcısı Muhteşemipur basın açıklaması yapacak. Reformistler seçimde çok büyük usulsüzlükler olduğu iddiasında. Toplantıda oylar nasıl çalındı bir bir anlatacağız, diyorlar. Hep diyorum ya, İran'da gazetecilik yapıyorsun, neyin ne kadar haberini yapabilirsin, neyi görmezden gelmen gerekiyor öğreniyorsun. Her ne kadar bunlar reformistler de olsa, solcular da olsa, sistemin içinde insanlar bunlar. Muhteşemipur İran-Irak savaşında savaşmış bir molla, hatta gazi, bir eli sakat. Ama İran artık eski İran değil, rejimin yeni düşmanları belli ki şimdi yeniden sil baştan belirleniyor. Her devrim kendi çocuklarını yer denir ya, demek ki hakikaten öyle oluyor.

Basın toplantısının yapılacağı binanın bulunduğu sokak abluka altında. Polis değil, devrim muhafızları var sokağın dört bir yanında. Duvarlara kampanya döneminde yazılan, "Musavi, Yeşil Yol" sloganları siliniyor. Yeşil yazıların üstünü beyaza boyuyor görevliler, hiçbir şey görünmesin, hiçbir iz kalmasın diye. Rejim, tüm bunlar sanki hiç yaşanmamış gibi olsun istiyor. Hepsi unutulsun, Yeşil Yol (*Rayeh Sabz*), hiç var olmamış olsun... Rejim ne yaptığını çok iyi biliyor.

Devrim Muhafızları gazetecileri kovalıyor; bayağı köpek kovalar gibi... Sopalarla coplarla, yaklaşana vuruyorlar, sokağa bile hiçbir gazeteci girmesin istiyorlar. Fakat bir yandan da o kadar organize değiller. Sayıları az kafaları karışık, gerçekten hiç kimse bu sokağa girmesin mi emin değil gibiler. Aradan kaçan kaçıyor. Yani sokağın başından geleni gideni sopalayanlardan bir şekilde yırtarsan, yeterince hızlı koşarsan mesela, basın toplantısının yapıldığı yere gidebiliyorsun. Mohsen'le tam o doğru ânı kolladık. Sopalılar başkalarıyla uğraşırken aradan tabiri caizse fırttık. Fırttık ve bana göre yırttık, mutluyum, Mohsen yine endişeli, içeri gireceğiz de bakalım çıkabilecek miyiz, diyor. İran'da bu tip sorulara verilebilecek kesin cevaplar yok. Çıkarız elbette bir şekilde, nasıl çıkarız belli değil.

Binaya girdik, basın toplantısının yapılacağı yer binanın bodrum katındaki bir toplantı odasında. Ağırlıklı olarak yabancı basın var. Seçimleri izlemeye gelenler henüz ülkeyi terk etmiş ya da ülkeden yollanmış değil. Gazetecilerin çoğu endişeli, bir kısmı bayağı korkmuş. Salonda hep beraber oturduk bekliyoruz. Binanın dışına devrim muhafızları geldi, kapıdan bizi çıkartmayacaklar söylentileri dolaşıyor. Ne yapacaklar ki, hepimizi öldürecekler mi diye düşünüyorum. Öldürmezler elbette ama şu an burada olan bütün gazetecileri tutuklayabilirler, hepimizi bir çırpıda sınırdışı edebilirler. Bu gibi durumlarda sınırdışı edilmek gazeteciler için, en azından ben öyle hissediyorum, tam bir felaket. Öyle veya böyle İran'da şu anda, bugünlerde bir tarih yazılıyor, iyiye ya da kötüye doğru bir eşik aşılıyor. Gazetecilik aslında tanıklık demek; tanık olmak ve tanık olduğunu aktarmak, hemen aktaramasan bile, zamanı gelince, sırası gelince, mümkün olduğunca anlatmak. En çok da bu yüzden sınırdışı edilmek istemiyor insan. Bu bir görev, bunu İran basını asla yazamayacak, biz görebiliriz ve biz, İranlı olmayanlar yazabiliriz, anlatabiliriz. Bakın bu ülkede aslında bunlar oluyor diye dünyayı haberdar edebiliriz. Meslek aşkı falan diye tarif edemem bunu, belki vicdan diye tarif edebilirim, mesleki vicdan...

Muhteşemipur oldukça ileri yaşta, hareketleri ağır, ama tecrübeli. O da devrimin çocuklarından, sistemin içinden hatta sistemin ta kendisi. Siyah yerlere kadar uzanan bir cübbe giyiyor, sarığı da siyah. Seyyid demek, peygamber soyundan gelen ailelerin en büyük erkek çocuklarına Seyyid denir, siyah sarık takarlar. Ama tabii az bulunan bir şey değil, milyonlarca Seyyid var İran'da. Hazreti Hüseyin'in karısı İranlı olduğu için oraya bağlıyorlar, devrimden sonra bu unvanı satan ve alanlar da olmuş. İnanç siyasileştikçe ticarileşiyor da...

Ağır ağır yürüyerek sahnedeki masaya geldi Muhteşemipur oturdu, elinde belgeler, kâğıtlar var. Herkes kayıtta, merakla dinliyor, izliyor. Muhteşemipur tek tek anlatıyor. Tebriz'de mesela oy vermek için sırada bekleyen binlerce insana, hadi yallah demişler, oy pusulaları bitti, siz oy kullanamayacaksınız. Tebriz bu seçimde çok kritik, Musavi bir Türk ve Tebriz Türk kenti.

Zaten seçim üzerindeki en büyük kuşku oyların sayım hızı. Gece ikiye kadar oyların anca yarısı sayılmıştı birdenbire iki saat içinde tüm oyların sayıldığı ve Ahmedinejad'ın kazandığı ilan ediliverdi. Muhteşemipur buna da değindi.

Toplantı bir saati aşkın sürdü. Muhteşemipur'un belgeleri de vardı, söyledikleri önemliydi ama tabii ki hadise o salondan çıkıp ofise gidebilmekti, toplantı bittikten sonra bir süre daha salonda bekledik. O sırada belki de bir pazarlık döndü, birileri birilerine bir mesaj iletti kim bilir. Hepimiz, tüm gazeteciler kılımıza dokunulmadan, o salondan çıktık, ofislerimize döndük ve haberlerimizi yazdık.

Yaşayarak öğrendiğimiz şeyler var bu meslekte, o gün o salondan elini kolunu sallayarak çıkıp gidebilmen o haberi yapabileceğin anlamına gelmez, haberi yaptıktan sonra hele güvende olduğun anlamına hiç gelmez.

O dönem rejimin sıkça uyguladığı hareket, gazeteciler ülkeyi terk ederken havaalanında gazetecileri tutuklamaktı.

Olaylar kızışınca pek çok gazetecinin çalışma izinleri bir an da iptal edildi, ivedilikle ülkeyi terk etmeleri istendi. Ülkeden ayrılırken gözaltına alınan, günlerce tutulan oldu, pek çoğu siyasi pazarlık malzemesi yapıldı, bir ülkeyi yaşanabilir ve saygı duyulur yapan şey aslında baskı ve mezalim değil; hukukun üstünlüğü, petrol kartıyla pazarlık yapabilirsiniz, ama bu ciddiye alındığınız ve saygı duyulduğunuz anlamına gelmez. Hukuk yoksa aslında sistem yoktur, kirli pazarlıklar ve bayağı alışverişler vardır. İran 101 nedir diye sorarsanız tam da budur...

BİR VARMIŞ BİR YOKMUŞ

Hamaney Ahmedinejad'ı tebrik etti ve her şey bitti. Rehber "maçın bitiş düdüğünü çaldı" yani. Yeşil Yolcular için oyun bitmişti, kaybetmişlerdi, en azından Hamaney'e göre öyleydi ve sorgusuz sualsiz bunu kabullenmelerini istiyordu. Mir Hüseyin Musavi bunu kabullenmedi, diğer reformist lider Mehdi Kerrubi de Musavi'nin arkasındaydı. Seçim bitti, ne sokaklar duruldu, ne tartışma bitti.

Bu tür sistemlerde iki dünya, iki gündem oluyor genelde, bir dayatılan, devletin ideolojik aygıtlarıyla sunulan, kafalara işlenen dünya, bir de gerçek dünya. Devlet televizyonları bambaşka şeylerden bahsederken, bambaşka şeyler konuşuyor insanlar. Seçim tartışması, devlet televizyonlarında, radyolarda bitmişti; evlerde, parklarda, sosyal medyada sürüyordu. Devletin bu tartışmalara kulak asmaya hiç ama hiç niyeti yoktu. Twitter, Instagram zaten açılmıyor, olaylar alevlendikçe devlet interneti kesiyordu. Kısacası reformistler seçim sonuçlarını kabullenmedikçe devlet tüm sistemi durdurmayı göze alıyordu. Sosyal medyada isyan yayılmasın diye sistem her şeyi göze almıştı.

İran'da aslında kâğıt üzerinde çanak anten yasak, ama elbette İran devlet televizyonları izlenebilir olmaktan çok uzak oldukları için aslında her evin çanak anteni var ve kimse karışmıyor, daha doğrusu dönem dönem karışmıyor. Seçim sonrası bir dönem birkaç ev basıldı ve antenler toplatıldı. Antenleri tek tek toplamaktansa devlet daha pratik bir çözüm bulmuş, uydu frekanslarını kesmek için sinyal bozucu göndermek. Uydunuz olsa da sinyal bozucu yüzünden televizyonları izleyemiyorsunuz.

Tüm bu çocukça hareketlerin sebebi İran'da özgür basın, yayıncılık olmaması. Bütün gün din adamlarının garip gurup konularda akıl yürüttüğü, gerçekle alakası olmayan haberlerin yayınlandığı televizyonları kim izlemek ister ki. Kendi basınınız olmayınca ister istemez yabancı kaynaklı bilgi akışının kölesi oluyorsunuz. Bu süreçte BBC Farsça'nın İran'da hepten yıldızı parladı. Daha önce daha gündelik soft konularda yayın yapan BBC Farsça, tamamen siyaset içerikli yayıncılığa döndü. Bu tip kısıtlı rasyonaliteye sahip sistemlerde elbette bu iktidar tarafından bir kanıt olarak algılanıyor. Yabancı güçlerin İran üzerine komplolar hazırladığının kanıtı. Humeyni'nin küçük şeytan diye adlandığı İngiltere yine iş başında, BBC'nin yayınları da rejime göre işte bunun en açık örneği. Halbuki yayıncılığın temeli ilkesi basittir: Ne talep görüyorsa onun yayınını yaparsın. İran halkının isteği de 2009'daki seçimlerden sonra elbette gerçek haberi izleyebilmekti. Gerçekten neler oluyordu, öğrenebilmek ve susturulan muhaliflerin sesini duyabilmek. Bunu İran basını yapamayınca, izleyici bu yayıncılığı yapabilen yabancı basına dönüyor. Bu basit denklemi baskıcı rejimler anlamak istemiyor çünkü işlerine gelmiyor. İşlerine gelmeyen her şey için yabancıların komplosu deyip kestirip attırmak baskıcı sistemler için çok daha kolay. BBC

Farsça, İran'ın içinden bol bol haber vermeye çalışıyor, dünyanın dört bir yanından da uzman görüşleri alıyordu. Hatta İranlılar yayına başladı. İsmini veren vermeyen izleyiciler yayına telefonla katılıyor, eleştirilerini dile getiriyorlardı.

Düz vatandaşların yanı sıra din adamlarının da bir kısmı isyan bayrağını çekti. Reformist mücadeleci mollalar birliği, seçim sonrası yaşananlarla ilgili dokunaklı bir mektup yayınladı. Din adamları, seçim sonrası yaşananlar göğsümüze bir hançer gibi saplandı diyorlardı, sisteme itirazını dile getiren kitlelerin sesine kulak vermeleri çağrısında bulunuyorlardı.

Sistem geri adı atmadı. Çetin bir korkutma sindirme dönemi başladı. Örneğin ev telefonundan yurtdışını aramış olanlara telefonlar gidiyordu. Bant kaydından bir ses "Yurt dışı ile temasta olduğunuz, İran düşmanlarıyla işbirliği yaptığınız tespit edildi, hakkınızda işlem başlatılacak," diyordu. Her gün onlarca kişi tutuklanıyordu. Çoğuna neden tutuklandıkları bile söylenmiyordu, hatta onları savunmaya giden avukatların da tutuklandığı oluyordu. Rejim, muhalefete yeryüzünde cehennemi yaşatmaya karar vermişti.

MOR GÖMLEKLİLER

"Aaa Muhsin bak, gelenler Besici herhalde!"

Böyle seslendim hiç unutmuyorum. Bir hareket vardı, bahçede ve kurbanlık koyun gibi bekliyorduk açıkçası, er ya da geç geleceklerdi. Birileri gelecekti, olanlar olacaktı. Hükümete yakın sitelerden birinde bizim binayı yazdılar çünkü. Fitne yuvası orası dediler, rejimi yıkmak isteyen yabancı basın orada, hepsi o binada, rejimin düşmanı, İran halkının düşmanları. Düşman mı? Ben mi, ben mi düşmandım. Kadınları, başörtüsü kaydı ile sokaklarda sopalayanlar düşmandı, kafalarına uymadı diye gencecik çocukları hücreye atanlar düşmandı, kara kapkara giyinip "Ölüm ölüm!" diye bağıranlar düşmandı, sadece bir halkın değil, insanlığın düşmanları. Amerikan filmlerinde vardır ya o tema, iyiyle kötünün savaşı, oluyormuş, olabiliyormuş öyle hakikaten.

Kafamı pencereden uzattım, gelmişlerdi. Mor gömlek vardı üzerlerinde, ellerinde de cop gibi bir şeyler. Alman televizyonuna çalışan kameraman çocuklar koştu aşağı hemen, bir de bizim elimiz ayağımız, her şeyimizle ilgilenen Sepehr.

Bakma, diye bağırdı Mohsen, çekti beni. Yandık, mahvolduk dedi. Sakin ol Mohsen dedim, ne olacak bakar giderler, kötü bir şey yapmadık ki.

Sen, dedi Mohsen, ne bilirsin ki, ne anlarsın ki. Sen Türk'sün en fazla sınırdışı ederler, basar dönersin. Ben Türk televizyonuna çalışan kameramanım, hain ilan ederler, ailemi mahvederler, kız kardeşim üniversitede okuyor, onu da atarlar.

Saklanalım, korkma Mohsen, bulamazlar bizi, hiç ses çıkarmayalım, dedim. Korkmuş adam bana da kızgın, haklı. İranlı gazeteciler sınırları bilirler, neyi çekecekler neyi çekmeyecekler, sınırları vardır. Zorladım Mohsen'i olaylarda. Bir şey olmaz Mohsen çekelim hepsini çekelim ne oluyor dünyaya gösterelim dedim, zorladım çocuğu. Kaset kaset görüntüler vardı elimizde, ama ne görüntüler, Besiciler zincirlerle saldırıyor insanlara, sopalarla, kadın genç demeden nasıl vuruyorlar, gerçekten düşmana vurur gibi, yanıyor ortalık, bağırıyor insanlar. Yabancı basın kalmamıştı ki ülkede, bir biz TRT, bir Almanlar, bir de NBC'nin küçük bir ekibi, ha Çinliler ve Ruslar vardı tabii ama onlara gazeteci dersek. Yayınlayamadık, yayınlayamazdık görüntüleri, atamadım ama kıyamadım. Koltuk döşemelerine sakladım hepsini. Bir gün bir belgeseli bir şey olursa satsa keşke zavallı Mohsen o görüntüleri.

Çıt bile çıkarmadık, mor gömlekliler artık neyin istihbaratını aldılarsa, doğrudan bir üst kata çıktılar. Alman televizyonunun çalıştığı kata. Nefesimizi tuttuk bekledik, yarım saat ya sürdü ya sürmedi, gelmediler bizim kata. Sevinsek mi üzülsek mi? Sepehr'i aldılar götürdüler, NBC'nin yapımcısı olan Ali ile beraber. Nereye götürdüler, kim bunlar bilmiyoruz ki!

Üst kata çıktık, mor gömlekliler talan etmiş her yeri, ellerindeki o cop gibi şeyler de meğer elektrikliymiş. Ağzını açıp meramını anlatmaya çalışana vermişler elektriği. Travian mıydı neydi öyle bir oyun vardı o zamanlar bilgisayar oyunu, bizim İranlılar çok meraklıydı. Simcity falan gibi bir şey, onu bulmuşlar bilgisayarlarda, tutturmuşlar bunlar devleti yıkma planı diye. Benim kameramanımın ağabeyi Ehsan, o da Almanlara çalışıyor, izah etmeye çalışmış, yahu bu bilgisayar oyunu diye, ağzını açmasıyla elektriği vermeleri bir olmuş. Oyunu moyunu bahane etmişler toplamışlar götürmüşler adamları. Yarı Alman yarı İranlı gazeteci bir kızcağız vardı, bu mor gömlekliler gelir gelmez, almış eline paspası başlamış yerleri silmeye, adamlar gelince de, aman demiş beyler beni almayın sakın ben anlamam bilmem, temizlik işçisiyim ben. Yırtmış o öyle, olan Sepehr ile Ali'ye olmuş. Gitti adamlar göz göre göre. Ne yaparız ne ederiz, kanun yok hukuk yok ki, kime gitsek ne etsek. Bizim büyükelçiliği aradım, dedim Sepehr TRT'ye de çalışıyor bizim elemanımız. Vatandaş değil yapamayız hiçbir şey dediler. Zaten Ahmedinejad'ı ilk kutlayan Başbakan Erdoğan olmuş, Türkiye kıpırdatır mı kılını, hele hele gazeteci tutuklandı falan diye. NBC'nin adamı da gidince Amerikalılar girdi devreye. Ayetullah Ali Sistani vardır, Merce-i Taklid*, Iraklı. Ilımlı adamdır konuşabilir, aklı gidiklerden değil. O da girmiş devreye falan, zaten başka türlü giden gidiyor o devirler. Atarlar deliğin birine kapı kapı dolaşırsın da bulamazsın.

Kameramanlar, prodüktörler, muhabirler, hepimiz ofiste kaldık o gece. Şilteleri serdik yerlere, çay demledik tabii olmazsa olmaz. Uyuyabilen uyudu, uyuyamayan çay içti. Bir kulağımız Radyo Ferda'da. Hem korkuyorsun hem kızıyorsun, arkadaş böyle saçma sapan şey mi olur. Sen kim oluyorsun da ne hakla, mahvediyorsun insanların hayatlarını, sırf kendin için, sırf kendi bekan için, sırf söylediğin yalanlar ortaya çıkmasın diye, bozuk para gibi harcıyorsun insanları. Şunun da garantisi yok, başka renk yelekliler gelse onlar da bizi alsa götürse, hadi Almanlar, Amerikalılar

* Merce-i taklid; Iraklı Şiilerin en büyük dinî otoritesi, Büyük Ayetullah. [ed.n.]

peşine düşer de Türkiye ne yapar, haindi! diyebilir, bizimkinin iyi etmişsiniz demeyeceği ne malum.

Sabaha karşı döndü Sepehr ile Ali. Saçları dimdik havada, üstleri başları paramparça, yüzleri bembeyaz. Ölmüş de dirilmiş gibiler sanki. Tahran'ın kuzeyinde bir villaya götürmüşler. Resmi falan bina değil, artık nereye bağlı istihbaratsa, belki de Rehber Hamaney'in direkt kendisine. Kat kat villa, alt kata götürmüşler, elektrik vermişler, işte hep aynı hikâye aman ajan mısın nesin hikâyesi, hep böyle rejimlerin bitmez bahanesi, paranoyası. Kötülüğü örtmek için öyle şeytani şeyler yapar ki kötüler, aklınız almaz. Yakarlar yıkarlar, hem de bunu da iyiliğiniz için yapıyoruz derler gözlerini kırpmazlar, hiç ama hiç acımazlar.

Hırpalamışlar bizimkileri saatlerce, gece yarılarına kadar. Sonra artık ne olduysa, belki gerçekten Sistani ulaştı birilerine birileri araya girdi, kapalı rejimler böyle işte neden yok ki, sonuç nasıl hasıl oldu bilesin. Ya da esti saldılar gitti kim bilir. Atmışlar bizim adamları yolun ortasına, ıssız bir yer diyor Sepehr, ta Tahran'ın en kuzeyleri, yol kenarına bıraktılar, üzerimizde bir kuruş yok, ne yaparız nasıl döneriz, üstümüz başımız yırtık perişan. Otostop çekmişler yazık, perperişan halde. Almış biri arabasına ofise bırakmış Allah'tan.

İranlılar aslında alışkın bu işlere, rejime karşı böyle bir dayanışma kültürü var. Mesela, şimdi kırbaç cezası var hâlâ İran'da. Yani diyelim işte üç şişe viskiyle yakalandın veya işte devrimin ilk yıllarında yabancı müzik plağıyla falan, artık olayın "büyüklüğüne" göre mahkeme seni cezaya çarptırıyor, diyelim 70 kırbaç cezası aldın, acı eşiğini aştığı için hepsini bir seferde infaz etmiyorlar, mesela 7 hafta boyunca gidip her hafta 10 kırbaç yiyorsun. Devrim muhafızı "davar" gibi kamçılıyor insanları, gençleri, kadınları. Neymiş içki içmiş de müzik dinlemiş de bilmem ne! Hatta bu işi de kırsaldan askerliğini yapmaya gelmiş, saf çocuklara veriyorlar ki, garibanlar hakikaten Allah adına yaptıklarını sanıyor bu işi, yaradana sığınıp vuruyorlar tabiri caizse. Durum böyle olduğu için evi mahkemeye yakın olanlar garaj kapılarını açık bırakır hep, kırbacını yemeye gidenler de garajlara girerler ve sırtlarına soğutucu sıkarlar, kırbaç çok da acıtmasın diye. Böyle sessiz bir sözleşme vardır halk arasında, kimse o açık garajlardan bir şey çalmaz, kimse de bakmaz kim girdi kim çıktı. Mezalime karşı öyle dayanışma, öyle direnme yolları bulabiliyorlar ki insanlar. Tanka topa tüfeğe bedeninle hep direnemezsin bakmayın siz, o işler öyle göründüğü, duyulduğu gibi değil. Ama iyilik mesela bir direnme biçimi olur yeri geldiğinde, insana insan olduğu için yardım etmek, iyi olmak direniş bazen aslında.

Ne Sepehr ne Ali, bu olaydan sonra pek fazla konuşmak istemedi. Olayın üzerinde epey zaman geçti, Sepehr espri yapmaya başladı sonra. Ali, devrim öncesinin iyi ailelerinden, babaannesi eğitim bakanlığında çok üst düzeye görev yapmış, sonra İngiltere'ye kaçmışlar. Arada kalmış tam ne İranlı, ne İngiliz. Sepehr, bu Ali korktu ağlamaya başladı, ağladıkça iyice saçmaladı, her saçmaladığında bastılar bize elektriği, dedi. Travmayla baş etme biçimleri var insanların ve sanırım çok daha fazlası da! Bazen susuyorsun içe kapanıyorsun, bazen anlatıyorsun gülerek şakaymışçasına...

İNSANIN DÜŞÜNMEKTEN CANI YANAR MI?

İnsanın düşünmekten canı yanar mı? Yanıyor işte... Öyle bir atmosfer hâkim ki her yerde nefes almıyor insan. Eylemlere kesinlikle müsamaha yok artık. Herkes daima üzgün, herkes daima durgun.

Montazeri* öldü, öyle bir zamanlama ki, giderken de yaptığı yapacağını. Nev-i şahsına münhasır biriydi Montazeri, ruhu şad olsun.

İran devrimi öyle bir devrimin üzerine kurulu ki, rejim sürekli kendi çocuklarını yer. Sistemin göbeğinde yer alan birisi, bir bakmışsınız günün birinde *persona non grata*. Yanlış bir adım, örtüşmeyen menfaatler, asla yıkılmaz diyeceğiniz herkesi yıkabilir. Ev hapsinde tutulmak ehveni şer, cezaevinde çürümek de var sonunda. Cezaevinde ölenler, kahraman olabiliyor diye rejim en

* Hüseyin Ali Muntazeri (1922-2009): Din adamı, insan hakları aktivisti, yazar. [ed.n.]

çok ev hapsini seviyor. Eve kapatmak kanaat önderlerini, ablukaya almak, dışarı çıkarttırmamak ve unutturmak. Montazeri'ye de bunu yapıyordu sistem. Kum'da bir tür ev hapsindeydi Montazeri. Olaylar ateşlendiğinde Montazeri'nin evinin bulunduğu sokağın ta en başında devrim muhafızları bekliyordu, sokağa dahi kimse yaklaştırılmıyordu.

Montazeri, devrimi yapanlardan, o dönem en etkili olanlardan. Humeyni'nin sağ kolu, hatta Humeyni'den sonra Rehber olacağı o dönem kesin. Ve fakat vicdan öyle bir şey işte, yer bitirir insanın içini, kemir kemir kemirir. Hepimiz aslında içimizde, ta içimizde ne doğru ne yanlış aslında çok iyi biliriz. Bununla mı doğarız içgüdü müdür bilmiyorum, ama iyi iyidir, kötü kötüdür ve sanki kötü olan kötü olduğunu bilir de umursamaz, öyle gelir bana.

'79 devrimi, özgürlük rüzgârıyla beraber geldi, ama rüzgâr çabuk döndü: Bir yılı buldu bulmadı, tutuklamalar başladı. Solcular, liberaller, İslamcı olmayanlar, yüzlercesi, binlercesi içeri atıldı. Hapishaneler öyle bir doldu, öyle bir taştı ki, yenilere yer kalmadı. Devrimin kanlı yüzü işte orada ortaya çıktı. Humeyni'nin emriyle cezaevlerindekiler, yargısız, sorgusuz, sualsiz infaz edildi. Bir gecede yüzlerce binlerce yaşlı, genç; kadın, erkek öl-dü-rül-dü. Hatta bu operasyonu o dönemde Humeyni'nin emriyle yürüten Raisi, 2017 cumhurbaşkanlığı seçimlerinde aday oldu, pişman olmadığını söyledi. İran devrimini, İran rejimini romantize ederken, iki kere düşünmek gerekir; bu rejimin bir yüzü budur, farklı düşünenleri, öyle düşündükleri için bir gecede öldürebilir bu rejim, hatta öldürmüştür ve bunun üzerine kurulmuştur. Yas ve ağlama kültürü üzerine inşa edilmiştir bu paradigma ve doğası gereği ağlatır ve hep üzer. Bunun üzerine inşa edilmiş sistemlerde mezalime hayır dediğin an da oyun dışısın. Kötülük sisteme hâkim olduğu sürece o işin sonu yok, duru durağı yok. Kötülüğü ancak daha çok kötülük besleyebiliyor sistemler bir yerden sonra ve geri dönüşü olmuyor.

Montazeri, bu infazlara karşı çıkıyor. Doğru bulmadığına dair açıklamalar yapıyor. Susabilirdi, destek açıklaması da yapmazdı, hiçbir şey söylemezdi. İyiysen, iyi biriysen kötülükte hükümran olamazsın, safra gibi atılırsın. Montazeri de safra gibi atıldı. İran'ın dinî başkenti Kum'da mütevazı bir hayat sürdü, hem kendi tercihiydi hem de değildi. İstenmeyen adam ilan edildi. Etkisi olabilecek bir yetki bir daha kendisine verilmedi, ama çoğu yetkiliden daha etkiliydi.

Rejimin krize girdiği bu dönemlerde ne diyeceğini tahmin etmek çok da zor değildi. Çok bir şey diyemese de bu dünyadan göçüp gitmesi yetti. Ölülerden bile korkar zalimler. Montazeri'nin de ölüsünden korktular. Ama bu kadar önemli bir figürün cenazesini yasaklayamadılar. Fakat cenaze diken üstünde kaldırıldı.

İran rejiminin çok kullandığı bir yöntem de kulaktan kulağa korkunç söylentiler yaymak. Cenazede çok büyük olaylar çıkabileceği, ateş açılabileceği kulaktan kulağa konuşulmaya başlandı. Dedikodu makinesi öyle bir işine yarıyor ki böyle sistemlerin bazen. Çok kalabalık oldu cenaze. Çünkü o cenaze artık sadece bir cenaze değil, haksızlığa karşı bir yürüyüştü, alın bu kanlı sisteminizi başınıza çalın demenin bir yoluydu. Montazeri'yi tanımayanlar da oradaydı, belki çoğu zaman ne dediğini anlamayan gençler de. Olay çıkmadı cenazede, ateş açılmadı, arbede olmadı. Ölüm sessizliği vardı, doğru bildiğini söylemekten yılmayan bir adam böyle gömüldü.

2009'da sanırım bir tür toplumsal travma geçirdi İran. Musavi'nin adaylığıyla başlayan heyecan dalgası şimdi yerini, aslında iki taraf için de, hem muhafazakârlar hem reformistler, koskoca bir hayalkırıklığına bırakmıştı. Sokakta şiddet vardı, herkes sürekli şiddetten bahsediyordu. İşkence, ölüm haberleri ağızdan ağıza dolaşıyordu. Güvenilir haber alabileceğiniz bir medya kuruluşu yoktu. Bu, işleri daha da çetrefilli hale getiriyordu, bazen bu nedenle dezenformasyon alıp başını gidiyordu. Bir gün bir eyleme Besicilerin ellerinde baltalarla müdahale ettiği haberi peyda olmuştu. Eylemi takip etmek için oradaydım, Besici müdahalesi her zamanki gibi vardı ama balta falan söz konusu değildi. Alıp başını giden bu dedikodular sürekli bir korku dalgası yayıyordu, insanlar hem kızgındı hem korkuyorlardı. Namı İran'ı aşan meşhur ev partileri bile bir tuhaftı artık. Müzik, dans yoktu, evlerde toplanan İranlılar haberleri izliyorlardı. Böyle bir partide yine, kel kafalı orta yaşlı bir İranlıyla tanıştım. Almanya'da oturuyordu, Musavi aday olunca, heyecanlanmış, bir şeyler değişecek diye hevesle İran'a gelmişti. Oyunu sevinçle kullanmış ancak sonrasında gelen süreçle dehşete düşmüştü. Hıçkıra hıçkıra ağlıyordu adamcağız, çocuk gibi, gözlerinden boncuk boncuk yaşlar yuvarlanıyordu.

Devrimden sonra Amerika'ya göçmüş olan bir İran diasporası var. Yoğunluklu olarak Los Angeles'ta yaşıyorlar, hatta İranlılar espri olsun diye aralarında Los Angeles'a Tehrangeles der, Amerikalıdan çok İranlı var diye. Amerika'ya göçmüş olan İranlılar daha ziyade orta sınıf ve orta alt sınıf, o dönemde eğitim-kültür düzeyi nispeten daha düşük olanlar. Devrimde, kültürel anlamda kaymak tabaka diyebileceğimiz kesim ise Avrupa'ya göçmüş. Avrupa'da yaşayan İranlıların hâlâ eğitim kültür düzeyi yüksek, siyasi hassasiyetleri daha fazla. Bu ağlayan adamcağız da devrimden kaçmış bir ailenin çocuğuydu. İster Amerika'ya ister Avrupa'ya kaçmış olsun, diasporada bir vatan sevgisi ve milliyetçilik oluyor İranlılarda. Bir şeyler değişse ve geriye dönebilsek arzusunu dile getiriyorlar hep. Kaçmak çözüm olmuyor sanırım, insanın bir parçası hep memleketinde kalıyor; eksik oluyor, eksik büyüyor insan sürgünde. Ağzında gümüş kaşık olsa da, sürgündesin sonuçta, bir elin yağda bir elin balda olsa da orası senin vatanın değil işte. Sürgünlük hissi, sürgünde olma hissi ağır. Bu süreçte bunun gibi heveslenip dönmeye çalışan İranlılar oldu. Çoğu ortalık gerilince geri döndü. İran'da yaşarken artık bu ülke iyiye gitmez diye varlarını yoklarını alıp gidenler de oldu sil baştan. Böyle bir genç çift, gerekli parayı bir araya getirip Kanada'ya gitti mesela. Birkaç ay sonra geri döndüler, o kadar sıkıcıydı ki diye anlattı genç kadın, dayanamadım. Burada her şeye razıyım...

Arafta kalma hali o kadar zor ki, bu rejimin bir parçası hissetmiyor kendilerini bu insanlar. Sistemin hiçbir şeyini tavsip etmiyorlar ama bırakıp gitmek de çözüm değil, çünkü gittikleri yerli olamıyorlar hiçbir zaman. Kendi ülkelerinde, kendi doğup büyüdükleri yerde yabancı gibiler. Onlara doğru diye öğretilen her şeyi kıymetsiz artık, bu rejimin başka bir ahlakı var, başka değerleri. En fenası da kendi memleketlerinde dertlerini dinleyecek, anlayacak kimse yok artık.

Gazeteci olmak böyle durumlarda bazen doktor olmak gibi. Eylemlerin birinde, orta yaşlı düzgün giyimli bir kadın yanıma eldi, elimdeki TRT mikrofonunu görmüştü, yabancı basındandım ve sanırım öyle düşünüyordu ki, derdini en iyi ben anlardım hatta belki haberini falan yapardım bir umut ışığı olurdu. Oğlum kayıp, dedi kadın aylardır cezaevinde, hangi cezaevinde bilmiyoruz, suçu ne bunu bile kimse söylemiyor, neyle itham edildiğini bilmiyoruz. Dünya bilsin, dedi kadın, burada biz böyle yaşıyoruz. Bir tane oğlum vardı, gitti, aldılar onu benden.

Gazeteci olarak da bu ülkelerden araftasın. Yapman gereken haberi yapsan, hemen çalışma lisansın iptal edilir, ülkeden atılırsın. Yapman gereken onlarca haberi de yapmadıkça benim burada işim ne diye sorgulamaya başlıyorsun. İran bu, sürekli bir arafta olma hali.

DEVLET DÜŞMANI

İbadet ve siyaset iç içe geçince devlet camii oluyor, camii de devlet. İnanç, kişinin vicdanını rahatlattığı yarı kamusal, yarı özel alan olmaktan çıkıyor, siyasetin tamamen kendisi oluyor. İran'da cuma namazı tamamen politik bir eylemdir. Namaz kılmadan önce saatlerce siyasiler/ulema vaaz verir. Her eyaletin atanmış cuma imamları ardır, bunlar devletin, bölgenin önde gelen rejime sadık kişileridir.

Tahran'ın dört tane cuma imamı vardı ve bunlardan bir tanesi eski cumhurbaşkanı Haşimi Rafsancani'ydi. Rafsancani bir uçtaysa, Cenneti diğer uçtaki cuma imamıydı. Rafsancani daha ılımlı bir soluğu temsil ederken Cenneti rejimin en sağında duruyordu. Kaderin ve siyasetin cilvesi işte, kim derdi ki Rafsancani gün gelsin de sol sayılsın.

İmamlar her cuma biri olmak üzere bu görevi yürütüyor. Namazdan önce rejimin propagandasını çoklukla yapıyor, uzun uzun konuşuyor. Cuma namazları Tahran Üniversitesi'nde kılınır, camide değil. Üniversitenin bahçesine kocaman bir çadır dikilir, kadınlar başka avluda namaz kılar, vaaz kadınlar tarafına hoparlörle verilir. Namazdan daha önemli olan, nutuktur, görüntüdür. Aslında Tahran'ın merkezine dünyanın en büyük camiinin yapılacağı söylenir hep, inşaat sahası da çevrili ama içindeki iş makinalarının işlediğini daha gören olmadı. Kimi İranlılar, camii dolmayacağı için mahsus bu inşaatı böyle yarıda bıraktılar diyor, kim bilir...

Rehber Hamaney'in cuma namazını kıldıracağı gün, saflarda kimler olacak özenle seçilir. Televizyon kameralarının olduğu noktalara illa Hamaney konuşurken ağlayacaklar yerleştirilir. Cuma namazı Tahran'da hem siyasi hem teatraldir.

Seçimden iki hafta sonra cuma namazı kıldırma sırası Rafsancani'deydi. Hem önemli bir siyasi figür hem de din adamı, Musavi'nin Yeşil Yol'da yoldaşı. Acaba sırası değiştirilir mi, konuşması engellenir mi diye düşünüyorduk, Hamaney böyle bir değişiklik yapmayı tercih etmedi. Muhtemelen tepkileri arttıracağını düşündü, fazla kırmadan dökmeden işi bitirmeye karar verdi.

Rafsancani'nin cuma konuşmasında ne diyeceği merak konusuydu. Ve bu sefer daha önce hiç Tahran Üniversitesi'ne namaz kılmaya gitmemiş olanlar gidecekti. Hatta halk arasında, bu sefer gidecek kitle namaz kılmayı bilmez bakalım Rafsancani ne yapacak diye espriler dönüyordu. Rafsancani, seçim sonuçlarından bahsedecekti, Musavi ile ilgili konuşacaktı, ama bunu nasıl diyecekti, konuşmasından sonra ne olacaktı, kritikti.

O meşhur cuma günü Tahran Üniversitesi çevresinde alışılandan daha çok daha fazla güvenlik önlemi vardı. Polis kuş uçurtmamaya kararlıydı. Normalde İran Tahran Üniversitesi'ndeki bu cumaları yabancı basına göstermeye pek meraklıdır. Bazen Tahran'da bile yaşamayan kalabalıklar avluya doldurulur, kalabalık konuşmanın duygulu kısımlarında gözyaşı döker, siyasi kısımlarında "Amerika'ya Ölüm" sloganları atar, herkes istediğini alır. Yabancı basın, İranlılar bu rejimden ne de memnun, burada herkes dünyaya düşman haberini yapar, rejim de kalabalıklarım bana ne kadar da bağlı mesajını verir, alan memnun satan memnun düzen yürür.

Ama bu sefer yabancı basın, üniversitenin yanına bile yaklaştırılmadı. Konuşmayı radyodan dinledik. Rafsancani'nin İran'da lakabı Kuse, köse yani. Hem sakalsızlığına hem de siyasetteki kurnaz hamlelerine referans. Farsçada kuse aynı zamanda köpek balığı demek zira.

Haşimi, İslam'dan referanslarla konuştu, Hazreti Muhammed'in Hazreti Ali'ye verdiği bir nasihatı anlattı. Hazreti Muhammed Hazreti Ali'ye "Ümmeti yönetmek için Allah'tan vahiy bile alsan eğer ümmet seni istemiyorsa, lider olarak kabul etmiyorsa, liderlik koltuğuna oturma," dedi diye kızım sana söylüyorum gelinim sen anla usul anlattı. Aslında modern siyasi sistemlerin temel bir ilkesinden dem vurdu, halk iradesi.

Rafsancani'nin alt metni açıktı. Sokakta süren eylemleri, oyum nerede eylemlerini kastediyor, seçim sonuçlarının halkın vicdanında karşılığı olmadığını söylüyordu. Ama Rafsancani'yi kimse dinlemeyecekti.

İslam'a göre, inananlar Allah yolunda, şer'i devletin hükümdarlığında yaşamalı. Paradigmada özgürlükten önce gelen adalet, Müslüman'ın Allah'ın yolundan sapan hükümetlere karşı direnmesi aslında farz. Müslümanın görevi devleti de Allah yoluna döndürmek. Paradoks tam da burada başlıyor, İslam Devleti'nin görevi ise şer'i devlete başkaldıranları durdurmak, nizamı adaleti tesis etmek. Hükümetin Allah yolunda olup olmadığına kim karar verecek, başkaldıran vatandaş mı münafık, yoksa hükümet mi gayrı şer'i ve zalim? Müslüman, bu hükümet Allah yolundan saptı, mezalim uyguluyor diye Müslüman olduğu için başkaldırırken, devlet de pekâlâ bunlar Müslüman değil münafık, ondan ayaklanıyorlar, benim görevim bunları bastırmak diyebiliyor. Kimin münafık, devlet düşmanı, kimin mümin olduğu meselesi bakıldığı yere göre değişebiliyor.

2009 seçimleri sonrası tam da bu oldu, kim mümindi, kim münafık. Şiizmin kutsal kenti Kum da ikiye bölündü. Mollaların bir kısmı hükümet münafık diyordu, bir kısmı da ayaklananlar. Ayetullah Ali Hamaney Velayeti Fakih, yani Şii dünyasının dinî lideri, kimin münafık kimin mümin olduğuna dair son söz onda. Ama ya Velayeti Fakih hataya düşüyorsa, ya etrafındakiler tarafından yanlış yönlendiriliyorsa...

2009'da bu reformist çevrelerde çok konuşuldu. En tepede olan her tek adam gibi Hamaney aslında hayli izole bir hayat sürüyordu. Konuştuğu iletişime geçtiği insanlar bir avuçtu. Öyle bir hayat düşünün ki, bir suikast olabilir endişesiyle gazeteciler bile Hamaney'in yanına giremiyor. Hamaney'in katılacağı bir programı çekeceksiniz, kamerayı bir gün önceden teslim ediyorsunuz, kamera ıncık cıncık aranıyor. Hamaney'in olduğu yere çoğu zaman muhabirler alınmıyor, sadece kameramanlar ve fotoğrafçılar alınıyor. Bir nevi hapis hayatı gibi bir yaşam. Aynı beş on kişiyle konuşuyor, aynı beş on kişiyle görüşüyor. Vatandaşlarla arasında her zaman, cuma namazında bile onlarca metre oluyor. Reformistlerin bir kısmı Hamaney'in etrafı yanlış kişilerle sarıldığı için yanlış yönlendirildiği düşüncesindeydi. İzole hayat Hamaney'i yanlış düşünmeye sevk ediyor, yanıltıyordu. Hamaney'in sokaktan, halkın, gençlerin taleplerinden haberi yoktu. Etrafındakiler sistemi suiistimal ediyorlar, milleti eziyorlardı, Hamaney'in ruhu duymuyordu.

Hamaney'le, pek çok fani gibi, oturma konuşma fırsatım olmadığı için hakikaten olan biten böyle mi bilemiyorum. Ama işin aslı reformistlerin itiraf etmeye çekindiği, rejime karşı olanların çok doğru tespit edip söyleyebildiği nokta tek adamcılıktı.

Tüm sistem tek bir adamın iki dudağının arasındaydı, verdiği kararları kontrol edecek dengeleyecek bir mekanizma yoktu. Anayasayı Koruyucular Konseyi bile Hamaney'in altında. Durum böyle olunca Anayasa'nın, yasanın bir anlamı kalmıyor. Yasa, Rehber'in dediği oluyor. Toplumun üzerinde uzlaştığı temel değerler, prensipler çerçevesi olan Anayasa Hamaney'in sözünün yanında yok hükmünde. Ancak Hamaney'in kendi iradesiyle Anayasa'ya aykırı karar almayacağı umuluyor. Alsa da, bu anayasaya aykırı diyecek kimse yok.

Kimilerinin dediği gibi Şah devrimle gitmişti gitmesine ama özünde bir şey değişmemiş bir başkası gelmişti. Üstüne üstlük bu sefer lidere bir de kutsiyet atfedilmişti. Sözü neredeyse Yaradan'ın sözü sayılıyor, üstüne söz söylenemiyor. Kimi reformist mollalar bile sisteme eleştirilerini dile getirirken direk Hamaney'i kastetmemeye, başka mercilere eleştirilerini yöneltmeye çalışıyor. Hamaney eleştirilemiyor. İnanç, devletle, devlet bir adamla iç içe geçiyor. Bu sistemde en sesi duyulmayan, en umursanmayan vatandaş oluyor.

Dualar, hadisi şerifler, menkıbeler günlük siyasette havada uçuşuyor uçuşmasına da, hepsi hep devlete yarıyor. Adalet isteyen vatandaş, birdenbire münafık oluveriyor, defteri dürülüyor. Devletin kutsiyet iddiası olunca, resmi söyleme karşı çıkmak aynı zamanda Allah'a karşı çıkmak oluyor.

ALLAH BÜYÜKTÜR

Gece zifiri karanlık, sokaklar boş, evlerin ışıkları kapalı. Saatler tam gece 10'u gösterdiğinde bir köşe başında başlıyor her zaman, "Allahuekber!" Biri başlıyor haykırmaya, Allah diyor hepinizden büyüktür; kötülüğünüzden, zorbalığınızdan büyüktür. Mağrur değilsiniz, zalimsiniz ama pekâlâ bu da yanınıza kalmaz diyor aslında Allahuekber diye haykıran.

2009 seçimi sonrası sokak gösterileri bastırıldı, şiddetle, hiddetle; korkudan, inattan. Sokaklar boşaldı, geceleri kuzey Tahran inlemeye başladı. Evlerin ışıkları kapatılıyor, sokaklar kapkaranlık oluyor, biri mutlaka akşam aynı saatte başlatıyor: Allahuekber! Karanlık bir camdan başlıyor haykırış sonra dalga dalga yayılıyor. Karanlık pencerelerden kadınlar erkekler, hep beraber ve hep bir ağızdan bağırıyor.

Rejimle baş etmenin kendi yöntemleri var, yıkılsın bu sistem diyerek sokaklara dökülmenin mantığı yok çünkü eziyor geçiyor sistem seni. Batılılar yaşar, Doğulular hayatta kalmaya çalışır misali, alır götürüverirler rejim muhalifiysen seni, yargısız sorgusuz sualsiz, asıverirler bir kör şafakta. Kimsenin de ruhu duymaz. Petrol alacağız, teknoloji satacağız diye de gık demez dünyanın demokrasi hamileri. Onun için böyle rejimleri yine kendi silahlarıyla vurmak lazım. Allah büyüktür diye haykırmaya İslam Cumhuriyeti nasıl yasak koyabilir ki!

Bunu Şah döneminde yapmışlar devrimciler. Şah rejimi müthiş baskıcı, müthiş zorba, hiç affı yok. Ancak rejimin dokunmadığı tek bir alan var, o da din. Muhtemelen molla sınıfından çekiniyordu Şah Muhammed Rıza, karşısına Şiiliği almak istemedi. Şah karşıtlarının dokunulmazlık zırhıydı "Allahuekber" sloganı. Slogan diyorum çünkü 2009'da olduğu gibi o zaman da aslında siyasi bir slogandı Allahuekber. Şaha karşı direniş işte böyle başladı. O dönemde herkes radyoları susturdu, ışıkları kapattı ve her akşam saat tam 10'da hep bir ağızdan haykırdı.

Bugünün İran'ında genç olanlar, hele de Tahran kuzeyinde oturabilecek kadar varsıl olanlar, aslında İslam Devrimi'nin muzafferlerinin çocukları. Ve o dönemde anaları babaları ne yaptıysa, hangi yöntemle direndiyse aynını yapıyorlar. Rejimi kendi silahıyla vurmaya çalışıyorlar.

Elbette Şah döneminde hangi ses hangi evden geliyor, muhtemelen tespiti çok daha zordu, güvenlik güçleri zaman içinde saf değiştirdiği için belki de bu seslerin yükseldiği evleri de bulmamayı yeğliyordu. O zamandan bu zamana çok şey değişti, hangi evden ses geliyor bulmak daha kolay. Fakat 2009'un en büyük dilemması tam da buydu, devrimin kurucuları, kurucuların çocukları sokaklardaydı, direniş onlarındı, onlardandı.

Bazen istihbaratın ya da Besicilerin kullanabileceği tipte beyaz arabalar duruyordu sokaklarda, içlerindekiler tek tek bakıyordu, duymaya çalışıyordu, hangi evden ne duyuluyor, kimin ışığı kapalı kimin ışığı yanıyor. Silüetleri takip ediyorlardı. Buna rağmen gecelerce inledi Tahran. Damavand'e doğru uzanan kentin kuzeyinden, güneye günler boyu haykırışlar yükseldi. Bizim olanı aldınız, zaferimizi çaldınız; geri istiyoruz, adalet istiyoruz demenin yöntemiydi bu.

Din siyasetin ta kendisi olunca, başka bambaşka dinamikler oluşabiliyor toplumda. Sıkıntılı dönemlerde, seçimin hemen ertesinde ev partileri de bir başkalaştı. Herkes üzgün, herkes bitkin, herkes sıkıntılı... Her zaman olduğu gibi perşembe akşamları toplanılıyor, resmi tatil günü cuma olduğu, cumartesi de iş başı olduğu için parti günü hep perşembe. Ev yapımı araklar ve Gürcistan'dan kaçak gelen şaraplar diziliyor, insanlar çoğunlukla siyaset konuşuyor. Saatler 10'a yaklaşırken ışıklar kapatılıyor, müzik susturuluyor. Camlar açılıyor ve partidekiler sırayla tüm güçleriyle haykırıyor.

İran'da ana sosyalleşme yönetimi bu ev toplantıları, illa çok çılgın şeyler olmasına gerek yok, birkaç ailenin ya da çiftin bir araya gelip yemek yemesi de ev partisi. Dünyanın dört bir yanındaki sosyalleşme ortamlarında olduğu gibi bu toplantılarda genellikle içki var, bazen de uyuşturucu var. Perşembe akşamları insanlar daha çok bir arada, daha az yalnız. Belki de onun için en kuvvetli haykırışlar perşembe akşamları yükseliyor.

Bütün bu durumun içinde bulundurduğu *dikotomiyi* anlamak ve garipsememek için İranlı olmak lazım, en azından kalben. Yine böyle yarı politik, bol alkollü bir ev partisinde Türk bir arkadaşımla beraberiz. Ritüel başladı. Herkes Allahuekber diye haykırıyor, Türk arkadaşım katılmak istemedi, ben şimdi arak içtim, içkili ağız Allahuekber demek istemiyorum, dedi.

Baskıcı sistemlerde muhalefet yapabilmek, sloganlaşmış, kelimelerin cümlelerin mevcut anlamlarını paramparça etmeyi gerektiriyor bazen. Eskilere, eski kalıplara yeni anlamlar yüklemek dekonstürkte etmek, yeniden yeni anlamlarla üretmek ve bu şekilde ifade etmek.

Alternatif bir alan yaratmak gerekiyor, sistemin çizdiği alanın dışında, başka sahada oynamaya başlamak gerekiyor. Zira bu tür sistemlerde hakem yok, oyunun kuralını hükümran belirliyor, muhalifin hiç şansı yok. Oyunu hükümran kuralıyla oynamakta ısrar edersen kaybetmeye mahkûmsun, yeni bir alan, yeni bir oyun kurmak gerekiyor.

MUSAVİ NEREDE?

Musavi nerede? Olaylar yer yer devam ediyordu. Sokağa dökülenler için Mahmud Ahmedinejad "Khask-o Khoshak" yani "çer çöp" kelimesini kullanmıştı. İran'da hava gitgide çirkinleşiyor, nefes alınamaz hale geliyordu. Mir Hüseyin Musavi ortalıkta yoktu.

Ahmedinejad seçim zaferini taçlandırmak için yabancı basına bir basın toplantısı düzenledi. Herkes oradaydı, yıllardır İran'ı takip eden kıdemli muhabirler. O zamanlar hâlâ Tahran'da ofis bulundurabilen büyük *network*ler. Aslında herkesin yanıtını bildiği ama aynı zamanda da bilmediği bu soruyu dünyanın Balkanlardan tanıdığı ünlü gazeteci Christiane Amanpour sordu. CNN International için çalışan Amanpour, sayısız diktatör ve otoriter liderle röportaj yapmış son derece tecrübeli bir isim. Tek bir soru sordu ve aslında o soru o basın toplantısını sonlandırdı.

Gazetecilikte buna "dummy question" denir, son derece yalın, neredeyse aptal birinin sorduğu soru gibi. En etkili sorular da bunlardır. Biz Türkler ağdalı sohbetleri, ağdalı cümleleri seven insanlarız, gazetecilerin soruları da hep dolambaçlı ve ağdalı olur bizde. Haberci de sorusunu sorarken aslında ne kadar çok bildiğini ispatlamak ister. Bir de son dönemde soruyu sormadan önce yetkilileri yıkama yağlama modası çıktı ki, hele saniyelerin önemli olduğu televizyon muhabirliğinde kabul edilecek şey değil. Yayınlarda röportajlara ayrılan on dakikanın ikisi yıkama yağlama ile geçince yapılan yayının kıymeti kalmıyor.

İran basını da elbette bundan farksız değil. Önce soru sorulan lidere bol bol yıkama yağlama, orantısız övme, ardından çanak soru. Zaten aksinin yaşamasına pek de imkân yok. Daha doğrusu muhafazakârlar iktidardayken imkân yok. Elbette reformist liderlere her türlü sert soru, haklarında her türlü eleştirel, hatta ağır eleştirel yorum serbest

Batı'da işler böyle yürümüyor, gazeteci sorusu neyse soruyor, sonra da yanıtı bekliyor; sorusuna yanıt alamazsa bir daha soruyor. Bu kadar basit.

Basın toplantısında aslında Ahmedinejad gövde gösterisi yapmak için tüm soruları, özellikle Amerikan basınından gelen tüm soruları yanıtlamak için hevesliydi. Zavallı adam gerçekten verdiği çoğu cevabın saçma olduğunun farkında değildi çünkü. Yaşanmamış destanlar ve aslında elde edilmemiş başarılar üzerine kurulu bir söylemler dizisi. Ahmedinejad'ın verdiği yanıtlar bunlardan ibaretti. Güvenilirliği tartışmalı istatistikler üzerinden belirlenmiş büyüme ve enflasyon oranları, varlığı etkinliği tartışılır yerli üretim silahlar üzerinden yazılan askeri destanlar; öyküler, hikâyeler.

Yabancı basın zaten bunların hiçbiriyle ilgili değildi. Ahmedinejad ise yabancı basının ne ile neden ilgili olduğunun aslında farkında bile değildi. Dünyayı sürekli komplo teorileri ile anlamlandırmaya çalışırsanız, bir süre sonra gerçekle bağlantınız kopar. İran'da işte bu sendrom bolca mevcut.

Christiane Amanpour kendisine söz verildiğinde çat diye o soruyu sordu: Musavi nerede?

Salonda homurdanmalar başladı. Herkes bir Amanpour'a, bir Ahmedinejad'a bakıyordu. Ahmedinejad'ın birdenbire yüzü düştü. Bir şeyler geveledi, Amanpour "Anlıyorum Sayın Cumhurbaşkanı ama herkes bunu merak ediyor, Musavi nerede?" diye sorusunu yineledi. Ahmedinejad yine cevap vermedi, bambaşka şeylerden bahsetti. Bu kadar basit bu soruya verilemeyen yanıt elbette CNN International'da haber oldu. Christiane Amanpour akşam canlı yayında bu soruyu nasıl sorduğunu ve nasıl yanıt alamadığını anlattı. Ertesi gün de geri döndü, zira bu sorunun ardından CNN International'ın çalışma izni İrşad Bakanlığı tarafından kaldırıldı.

Bazen verilen değil verilemeyen yanıtlar daha önemlidir. Ve eğer bir sistemde, bir ülkede gazetecilerin soramadığı, sormaktan imtina ettiği, sorunca başına iş aldığı sorular varsa, işte muhtemelen asıl haber o sorulara verilecek yanıtlardır.

Burada da asıl haber Musavi'nin nerede olduğuydu. Mir Hüseyin Musavi karısı Zahra Ranhavard ile beraber evindeydi. Ama bir sorun vardı; evinden çıkamıyordu. Hakkında soruşturma başlatılmış, mahkemeye çıkarılmış hakkında bir karar verilmiş falan değildi. *De facto* olarak evinden çıkamıyordu. Ne olup ne bittiğini reformistlere yakın haber siteleri yazıyordu. Olan şuydu, Musavi ya da karısı evden çıkmaya çalışırsa motorlu "vatansever" gençler engel oluyordu. Sitelerden birinin yazdığına göre, Zahra Rahnavard evden çıkmaya çalıştığı bir sabah bu motorlular tarafından epey hırpalanmıştı. Yani gayriresmi olarak ev hapsindelerdi. Yargısız, hükümsüz bir evden ayrılmama cezası. Bileklerine elektronik kelepçe takılmamıştı, onun yerine rejimin motorlu çocukları vardı.

Bu tür ev hapsini rejim ilk kez uygulamıyor. Humeyni ile devrimden sonra ters düşen Montazeri de neredeyse ölümüne kadar benzer bir şekilde tutsak edilmişti. Rejimin türlü çeşit cezalandırma yöntemlerinden biriydi. Bu tip siyasi figürleri aslında hâkim karşısına çıkarmak rejim için fazlasıyla riskli. Zira aslında orta suç denebilecek bir durum yoktu. Örneğin Montazeri, cezaevlerinde solcu gençlerin hüküm verilmeden kurşuna dizilmesine karşı çıkmıştı, Mir Hüseyin Musavi de seçim sonuçlarının şaibeli olduğunu söylüyor, hakkını arıyordu. Rejim düşmanlığı, vatan hainliği, dış mihrakların maşası olma gibi bir takım suçlamalar biraz fabrikasyon delil biraz da komplo teorisiyle elbette iliştirilebilirdi, pek çok daha düşük profilli vakada olduğu gibi, ama muhtemelen bu tip bir durum toplumsal tepkiyi arttırabilir, sokak isyanlarını kızıştırabilirdi. Onun için rejim sevmediği figürleri evlerine tıkıp unutturmayı tercih ediyordu.

Bu dönemde Musavi'nin basın ekibinden birisine beni bir şekilde eve sokması için epey ısrarcı olmuştum, kabul etmediler. Birincisi elbette çok tehlikeli olurdu, ikincisi Musavi'nin Türk de olsa yabancı basına böyle bir röportaj vermesi yabancıların maşası söylemlerine zemin oluşturabilirdi, bu rejimin mühendislerinden de aslında biri olan Musavi muhtemelen böyle düşünüyordu. Susmayı beklemeyi tercih etti.

İran rejiminin en büyük korkusu kontrolü kaybetmiş görünmek. Gerçekten kontrolü kaybetmiş olup olmamasının bir önemi yok, önemli olan nasıl göründüğü. Rejim, yeri geldiği zaman yaramaz çocuklarına en sert cezayı vermekten çekinmeyen baba imajını korumak, gerektiğinde ise ne kadar sert olabileceğini göstermek zorundadır. Zira rejimin kendini konumlandırmak istediği yer tam da bu. En tepesinde oturan tüm ulusun, yeri gelince çocuklarına sert tokat atan babası. Babaya zaman zaman kızılır, belki bazen isyan da edilir ama baba sonuçta babadır. Döner dolaşırsın yine babanın evine dönersin. Büyüyemeyen milletler var hep ergen kalan, kendi başlarına karar alamayan, başında hep yeri gelince eli sopalı yeri gelince şefkatli bir baba figürü arayan. Babanın koyduğu kurallara sorgulamadan uyan. Tıpkı ergen çocuk gibi öfkelenen, çabuk duygusallaşan, birden parlayan, birden de sönen milletler bunlar sanki. İranlılar da böyle Türkler de.

BAŞÖRTÜSÜ

Tahran yüksek bir şehir, havası kuru. Sıcağı sıcak oluyor bazen, kavurucu, yakıcı. Kadınsan "Puşese İslami", yani İslam'a uygun giyinmek zorundasın. İran, Arap Emirlikleri gibi değil, yabancı da olsan vatandaş da olsan, Müslüman da olsan, dinsiz de olsan ka-pa-na-cak-sın, açık gezmek yasak. Başın kapalı olacak, çarşaf yoksa uzun manto giyeceksin. İran çarşaflarının önü açık, Anadolu'daki çarşaf gibi değil. Dolayısıyla içinde normal kıyafetin oluyor, işte gömlek, t-shirt pantolon falan her neyse, üzerinde de uzun bir ceket gibi manton ya da çarşafın. Arap emirlikleri gibi değil İran, hayat sokakta, bir yerden bir yere yürüyorsun, muhabirsen habire sokaktasın, alışverişe pazara gidiyorsun, dolmuşa otobüse biniyorsun ve yazın mantoyla kokuyorsun. Boncuk boncuk terliyorsun, kumaş terini emiyor ve kokuyor. Kapalı olmak, inancın gereği değilse zor, hem de çok zor.

Yine bir yaz yanıyor ortalık, sıcak. İki genç kadın, hani otoyollar arasında yeşil alanlar oluyor ya, öyle bir yeşilliğin üzerine oturmuşlar, başörtülerini azıcık geri itmişler, kot pantolonlarını da biraz sıvamışlar, dizlerine kadar. Aralarında konuşuyorlar gülüşüyorlar falan, olan biten de bu. Hemen iki kadın irşad polisi koştu geldi. Yerlere kadar kara çarşafları, boyunlarındaki fularlarında devrim muhafızı arması, ellerinde sopalar. Kızlara bağırdılar önce, kapatın bacaklarınızı diye, hadi be oradan siz de kimsiniz diye cevap verdi kızlar. Bir tane kara çarşaflı asıldı kızlardan birinin pantolonuna, çek aşağı diye, kız eline vurdu, polisin. İş kızıştı sopalamaya başladı polisler kızları, vuruyorlar da vuruyorlar kızlar feryat figan. Araya girmek istedim, durun demek istedim, kızlara değil de bana vursunlar istedim, artık işte bir tür kadın dayanışması hissiyatı mı oluyor ya da belki de sadece vicdan, haksızlık sinirlendiriyor insanı, kırıyor; ama diyemedim hiçbir şey, geçtim gittim. Çünkü rejimin normali bu, ya boyun eğeceksin ya da damgalanacaksın. Benim gibi yabancı gazeteciysen ajan denilecek, sınırdışı edileceksin, durun vurmayın dediğin için; İranlıysan nezarete çekileceksin, mukavemet vb. bir kulp bulunacak sürüm sürüm sürüneceksin, yedi sülalen rejim için zararlı unsur diye damgalanacak, hayat boyu izlenecek, iş bulamayacak, okula gidemeyecek. Susuyorsun. Mecbur herkes susuyor.

Sekülerim, seküler bir ailede doğdum büyüdüm, başı kapalı hiçbir akrabam yok, olmadı; manevi inançla kapanmak nedir bilemem, ama zorla kapatılmak nedir yaşadım. Üç beş gün ziyarete gelip Tahran'ın kuzeyinde gezmek, aman canım kızların kafası açık gibi neredeyse deyip oh çekmek iki de ev partisinde mini etekli kız görmek demek değil İran. Kıyafet ruhunu da kapatıyor insanın, öldürüyor, kurutuyor. Bir kere alışana kadar başörtüsü habire kafandan kayıyor, işin başından aşkın oradan oraya koşturuyorsun, ne bileyim devlet dairesine gittin bilmem ne kaydı yaptırma peşindesin, sürekli başından kayıyor o başörtüsü; bir yandan iş halletmeye çalışıyorsun, bir yandan örtüyü kafanda tutmaya. Bir yandan da öyle bir şey ki, on gün sonra ne oluyorsa bir daha kaymıyor; sanki onunla doğmuşsun yıllardır kalkar kalkmaz ilk iş başörtünü takarmışsın gibi. Başörtüsü bir daha kaymıyor kaymamasına ama sanki içinden de bir şeyler kopuyor, bir şeyler yok oluyor. Kadınlığın ölüyor sanki. Bende öyle bir etki yaptı ki kapanmak, saçımı taramak istemez oldum, giyinmek istemez oldum. Mantonun altına pijama giymeye başladım, ne fark ederdi ki, her gün aynı pantolonu giysem ne fark edecekti. Saçlarımı kestim gitti bir yerden sonra, çünkü sadece başa dert. Akşam bir yere davetliyim, iş yemeği, *networking* toplantısı falan filan, vakit ayırıyorum, kuaföre gidiyorum, iki saat saç yaptırıyorum, gidene kadar başörtünün altında yapışıyor gidiyor saçlar, lepiska gibi, rezalet! Ne zamanına ne parana değiyor, kes gitsin daha iyi. Saçını alınca sanki kadından ruhunu da alıyorsun, ben öyle hissettim en azından.

8 Mart Dünya Kadınlar Günü, TRT Türk'ün dünyanın dört bir yanındaki ofislerine bağlantı yapıyorlar. Bana da bağlandılar. Aslında İran'la ilgili herkes beylik şeyler söylenmesini bekliyor, yok aslında özgür, Suudi Arabistan gibi değil kadınlar araba kullanabiliyor, başörtüsü aslında gevşek bağlanıyor gibi. Ne kadar mide bulandırıcı, aman canım kafana yalandan bir şey koyuveriyorsun o kadar da kötü değil tonu ne sahtekârca. Haydi, canım polis hafiften geriye ittirdiğin başörtüsünü görmezden eliyor daha ne istiyorsun aymazlığı!

Kadınlar Günü ne yapmak isterdin bugün diye sordu sunucu hanımefendi İstanbul'dan, mini etek giymek isterdim, mini etek giyip sokakta gezmek isterdim dedim. Çünkü gerçekten insan bacaklarında rüzgârı hissetmek istiyor, ya da güneşi. Uzun kollu gömleğini sıvamak ya da sıvayabilmek istiyor. Yapmayıversen ölür müsün, aslında ölürsün içten içe ölürsün.

2009 seçimlerinde Zahra Rahnavard kocası reformist cumhurbaşkanı adayı Mir Hüseyin Musavi kadar yoğun çalıştı. Zaten seçim afişlerinde ikisi hep beraberdi. Bir daha söyleyelim bu kısmı: Musavi mimar, eşi de sanat tarihçisi, çocukları yok ama aşkları var öyle bir çift, ortak açtıkları fotoğraf sergileri var, tontonlar sevimliler. Zahra Hanım, siyah çarşafının içine hep çiçekli detaylar koyardı, hep gülümserdi. İkisi de İslamcı, ikisi de devrimci. Hatta Musavi, devrim sonrası ilk başbakanlık yapanlardan biri. Yeşil komünist diye tanımlananlardan, devletçi. Yıllar işte değiştiriyor insanları. Zahra Rahnavard devrim öncesi Musavi ile üniversite yıllarında tanışıyor, o zamanlar kırmızı mini etekleri meşhur, özgür bir kız Zahra. Hatta 2009 seçimi öncesinde iki aday Ahmedinejad ve Musavi TV'de karşılıklı tartışırken, Ahmedinejad birdenbire bir dosya çıkartıp sallamaya başladı, göstereyim mi, göstereyim mi, diye tehdit etmeye başladı. Seçimin dönüm noktalarından biriydi, Ahmedinejad Zahra Rahnavard'ın üniversite yıllarına ait fotoğrafları kastediyordu, senin karının da ne mal! Olduğunu biliyoruz diyordu. Musavi muhtemelen oy kaybetmedi aksine kazandı. Musavi ne kadar değişti, gerçekten reformcu mu diye kuşku duyanlar, muhtemelen bu dosya olayından sonra Musavi'ye gözleri kapalı oy verdi.

Rahnavard muhtemelen bir daha hiç çarşafını çıkarmayacaktı, mini etek asla giymeyecekti ama isteyenlerin giymesi için mücadele edecekti, fırsat verebilseydi.

Seçime az bir süre kala, Rahnavard kadınlarla bir araya geldi. İlgi çoktu, salon tıka basa doluydu, genç kadınlar çoğunluktaydı, çarşaflı azdı, daha çok başörtülüler vardı, değişim isteyen, değiştirmek isteyen kadınlar. Zahra Rahnavard sahnede kendisine ayrılan yere oturdu, ışıklar kapandı ve bir video gösterisi başladı. Seçim şarkısı eşliğinde bazı fotoğraflar görüyorduk, gençlerin genç eylemcilerin fotoğrafları, Mir Hüseyin Musavi'nin İran turundan kareler, bazen Rahnavard yanında bazen değil. Kalabalığı coşturanlar ise, Geşt'in, İrşad'ın, Besiç'in, kadınlar ne giydi ne çıkardı kafayı takmış herkesin, kadınlara müdahale ettiği fotoğraflar. Fotoğraflar döndükçe kadınlar haykırdı.

Orada bulunan, reformistlere oy veren kadınların isteği belli, kimse zorla kafasını falan örtmek istemiyor, rejimin propagandasını yaptığı gibi İranlı kadınlar kapanmaktan kapatılmaktan falan memnun değil. Toplantının ilerleyen dakikalarında çarşaflı genç bir kadın, söz aldı, Zahra hanım dedi, iktidara gelirse kocanız kadınların İslami kıyafet giymesi zorunluluğunu kaldıracak mısınız? Salondan yuh sesleri yükseldi, provokatörsün dediler kadına. Zahra Rahnavard bağıranları susturdu, herkes eteğindeki taşları döksün dedi, cevap verdi. Verdiği cevap çok beylikti, İranlı kadınlar zaten Allah sevgisiyle dolu, hepsi isteyerek namuslarını koruyacak şekilde giyiniyor, başlarına polis dikmeye gerek yok, dedi.

İran'da siyaset yapmanın bazı kuralları var. Haksızlığa haksızlık diyemezsin; yanlışa yanlış diyemezsin. Oy verenle siyasetçi bazen söylemeden konuşmadan anlaşmak zorunda. Başörtüsü zorunluluğunu kaldıracağım diyemezsin mesela, kırmızı çizgi bu. Belki bir gün, başka bir zamanda, başka bir siyasette kadınların saçlarının rüzgârla güneşle kavuşması mümkün İran'da. Acı gerçek bu.

Beden politikası çalışan herkes az çok biliyor, sistemler, siyasetler, rejimler kadın bedeni üzerinden kendini gerçekleştiriyor, kadın bedeni üzerinden söyleyeceğini söylemeyi çok seviyor. Kadını sadece anneliği hapsediyor ya da sahaya sürüyor asker yapıyor; giydiriyor soyduruyor. Ve fakat işleyişi anlamak yanlışları meşrulaştırmamalı. Yanlış ve doğru bazen sanıldığı kadar göreli de değil, gün gibi açık ortada.

Düşünsenize iş güç sahibi, çoluk çocuk sahibi koca kadınsınız, işinizde gücünüzdesiniz, hayatla boğuşuyorsunuz, dünyanın dört bir yanındaki milyonlarca kadın gibi; sokakta yürürken, elinizde torbalar kafanızda evraklar, ne bileyim... Haydut kılıklı pis sakallı herifin biri peyda oluveriyor birdenbire, kendince devrimin bekçisi, bacak kadar çocuk çoğu zaman, ama işte cebine mahalle caminden koymuşlar üç beş kuruş, eline de vermişler bir sopa, kendini adam sanıyor. Geliyor, kafanı ört kadın diye sana el kaldırıyor, itiyor kakıyor, bağırıyor. Ne çirkin, ne onur kırıcı. Sinirden nefesin kesilir ya bazen, sinirden ağlarsın; bu durumun yaşattığı his insana işte tam da bu. Sırf kadın olduğun için, elin serserisine boyun eğmeyi mecbur kılan, saçının kaç teli gözüktü, manton bol değildi diye baldırı çıplaklara sana vurmaya hak veren siyaset mi olur Allah aşkına. 21'inci yüzyılda insanlar hâlâ sokakta sopayla dürtülür mü, buna hangi devrim, hangi siyaset gerekçe olabilir ve bu durum nasıl, aman canım Tahran'ın kuzeyinde başörtülerini geriye itip dar kot pantolon giyebiliyorlar canım sığlığıyla meşrulaştırılabilir, anlayamıyorum anlamak da istemiyorum.

Bir gün, yine kameramanım Mohsen ile iş peşindeyiz. Bir müzede bir şeyler çekeceğiz, üzerinde çalıştığımız haberi tamamlayacağız. Bir bakanlığın bilmem ne ofisinden izin için koşturuyoruz. Kameraman kamerayı taşıyor, benim de sırtımda tri pod, kan ter içindeyiz. Yine sıcak mı sıcak kuru mu kuru bir gün, canım burnumda. Başörtüm sırtıma düşmüş, farkında bile değilim, bakanlığın bilmem ne ofisinde, masa başında oturan bir sakallı, düzelt o başörtünü dedi bana, yukarıdan yukarıdan, ukala ukala. Ne olduğunu anlamadan Mohsen girdi devreye, senin üzerine vazife değil birader, kendi işine bak diye tersledi adamı.

Mohsen muhafazakâr bir anne babanın oğlu, orucunu tutar, bazen namazını da kılar. Ama o an orada utandı Mohsen, ülkesindeki bu pervasızlıktan utandı. Çalışmaya ülkesine tek başına gelmiş bir kadına yapılan bu muameleden utandı.

Mohsen açık Azeri bir kızla evlendi sonra, birbirinden sevimli iki oğlu var, çocukların babaları gibi boncuk boncuk gözleri var.

Başörtüsünün kodları var İran'da. Açıksın ya da kapalısın gibi basit bir mesele değil. Çiçekli çarşaflar var, kırsalda kadınların giydiği. Tam anlamıyla çarşaf bunlar, kocaman bir bez parçası, üzerinize sardığınızda önü açık kalıyor. Kadınlar ısırarak tutturuyor önünü çoğu zaman. Elleri dolu diyelim ki, boyunlarının altından sardırıp ısırıyorlar çarşafı. Bu çarşafların hepsi aynı desen. Nasıl karıştırmıyorlar derseniz, kendi çarşafını ısırdığı noktadaki tattan tanıyan kadınlar gördüm, tükürüğünden tanıyan yani.

Bu çiçekli çarşaflar en geleneksel olanlar. Muhtemelen yüzlerce yıldır İran kırsalında kadınların giydiği şeyler. İran Şahı Rıza, Atatürk'ü ziyarete geldiği zaman, görkemli bir törenle karşılanmıştı. Batılı giyimli Türk kadınları İran bayrakları sallayarak karşıladılar Şah'ı. Şah için bir de Türk operası bestelendi, Türk ve İran halklarının kardeşliğini anlatan Özsoy operası sahnelendi. Atatürk Şah'a Yeni Türkiye'yi böyle gösterdi. Yeni Türkiye Batı'ydı, Yeni Türkiye'de kadınlar sokaktaydı, sahnedeydi. Bu tablo Şah Rıza'nın çok hoşuna gitti, İran'ı da böyle yapmaya karar verdi. İslam devrimini biraz da bu tutumun hazırladığı söylenir kimilerince.

Şah ülkesine döner dönmez kadınları çarşaflarını çıkarttırmaya karar veriyor. İşte bu geleneksel çiçekli çarşafları, askerler o dönemde, yolda gördükleri kadınların üzerinden çekip çıkarıyor falan, türlü rezillikler. O gün zorla çıkarılan çiçekli çarşaflar, siyah olarak geri dönüyor. Yine aynı şekilde önü açık siyah çarşaf İslam Devrimi'nin sembolü İran'da. Hem Şii yas kültürünün, hem de öfke dolu siyasetin karası.

İsteyerek tercih ederek siyah çarşaf giyen devrimciler de var, giymek zorunda olanlar da. Devlet memurları bunu giymek zorunda, siyasetçiler giymek zorunda. Üniversite öğrencileri giymek zorunda. Üniversite öğrencileri için giyimi daha kolay, alın bölgesinde kaymasında lastik olan öğrenci modeli var. Çarşaf giymek istemeyen memurlar ise *magne* denen boyun kısmı da kapalı siyah başörtüsünü giyip, uzun, kalın, bol bir manto giyebilir.

Sistemin kenarındakiler için ise, seçenekler çok daha fazla. İranlı modacılar renk renk model model başörtüleri tasarlıyorlar, özel butiklerinde satıyorlar. Devlete çalışıyorsan elbette bunları giyemezsin, ama özel hayatında Tahran'ın belirli bölgelerinde, kuzeyinde gezerken giyebilirsin.

Böyle bir butiğin haberini yapmıştım CNN TÜRK için. Modacı kadın, tasarladığı başörtüleri "mutlu hicaplar" diye adlandırıyordu. Siyah değil renkli örtüler, kalın terleten değil efil efil kumaşlar. Kadın bu başörtülerini "mutlu" diyerek diğerlerinden ayrıştırıyordu, başörtüsü çünkü halihazırda İran'da özgürlüğün şenliğin falan değil, zorbalığın, sıkıntının, yasakların sembolü.

Mesela İranlılar, dünya televizyonlarının İran denince sadece çarşaflı kadınları göstermesine çok içerler; İran da modern, neden bizim bu yüzümüzü göstermiyorsunuz, hep çarşaflıları gösteriyorsunuz diye çıkışırlar. Bir keresinde Türkiye'deki evlilik programlarından birine katılmış İranlı genç bir kadınla röportaj yapmak üzere evine gitmiştim. Çok hoş, bakımlı bir hanımefendi, henüz aradığı eşi program aracılığıyla bulamamış, biraz da bu nedenle yine bir Türk televizyonuna çıkacağı için çok mutlu. Görüntülü röportaj için başını örtmesini söyledim, çok bozuldu. Ben başı açık biriyim, mecburiyetten dışarıda kapanıyorum başımı örtmek istemiyorum, diye diretti. Elbette bir kadın olarak derdini anlıyordum ama, başörtüsüz röportaj onu bırakın benim de başımı derde sokardı. Kot şort giymiş, full makyaj, saçı yapılı bir hanımefendinin Tahran'dan görüntülerinin dünyaya yayılması rejimin hiç hoşuna gitmeyecek bir şeydi. Kadıncağızı kafasını örtmesi için zar zor ikna ettim.

Yine haber yapmak için meclisin kapısında ağaç oldum bekliyorum bir gün. Magne giymiş bir kadıncağızla sohbete başladık. Neredensin nesin havadan sudan. Vah vah dedi kadıncağız, nasıl dayanıyorsun, eliyle de başörtüsünü işaret etti. Sorun değil dedim, buranın usulü, yasası bu alıştım. Hiç beğenmedi kadıncağız yanıtımı, hadi canım sen de dedi eliyle, yüzüyle.

İnsan o kadar çabuk adapte olabilen bir canlı ki, yasakları da hemen içselleştiriveriyor bazen, sevmesen de tiksinsen de, o yasak, o kafa yapısı geliyor senin bir parçan oluveriyor. Kapanmaya kapatılmaya o kadar alışıyorsun ki, Türkiye'ye döndükten sonra uzunca bir süre, her kapı dışarı çıkacağım zaman birkaç saniyeliğine aklıma geldi, başörtüm nerede...

DİKTATÖRLER EĞLENCE SEVMEZ

2008 yılında İsrail Gazze'yi bombalarken gitmiştim, Hamas'ın Gazze'sine. Müzik yasaktı. Bir cafeye oturuyordunuz mesela hiçbir şey çalmıyordu. Arabalarda çaktırmadan dinliyordu müzik dinlemek isteyenler. Hamas bunu, hamisi İran'dan örnek almıştı. Devrimin ilk yıllarında müzik yasaklanmış kaset falan bulurlarsa kırıp atıyorlarmış Hizbullahiler. İranlı bir kadın arkadaşım anlatmıştı; karışık kasetler yapardık o zaman dinlemek için, İran popu, yabancı şarkılar, Devrim muhafızları sık sık çevirme yapardı o zamanlar, uzaktan görünce devrim muhafızlarını korkudan camdan fırlatıverirdik kasetleri...

Şimdi o kadar yasak değil. O kadar diyorum çünkü işte her şey gibi hem yasak hem değil. Sakıncalısı var sakıncasızı var.

İran'da yayınlanacak/yayımlanacak her türlü sanat eseri, yazı, kitap vesaire irşad, yani İslam'a uygunluk bakanlığının denetiminden geçiyor. Yayınlanacak kasetlerdeki şarkılara tek tek bakılıyor. Malum bu durumda şarkılarda aşktan meşkten bahsedemezsin, e başka nasıl şarkı yapacaksın, habire kahramanlık öyküsü anlatamazsın. Sanatçılar aşk sevda üzerine söz yazıp, bakanlığa bunun Allah sevgisi olduğunu söylüyorlar, o yolla onay almaya çalışıyorlar.

Aslında rejimin müzik konusunda gevşemesinin bir nedeni de Türk popu. İçeride müzik tamamen yasaklanınca İran'da müzik üretimi durma noktasına gelmiş, halbuki devrim öncesi İran'da çok renkli pop müzik üretimi var. İran'ın Ajda'sı diyebileceğimiz Gogosh mesela, hâlâ hayatta, Amerika Birleşik Devletleri'nde yaşıyor. İran popu ölünce, Türkiye'den kaçak kasetler İran'a akmaya başlamış. İbrahim Tatlis (Tatlıses'e kimsenin dili dönmediği için böyle diyorlar) kasetleri kapış kapış gitmeye başlamış. Bakmışlar ki, yasak Türk müziği etkisini çok arttırıyor, ufak ufak göz yummaya başlamışlar.

Tarih tekerrür eder mi hep, bu coğrafyada ediyor. Bu topraklarda müziğe ilk yasak koyanlar Safeviler. O nedenle İran sazı sitar küçülmüş müziğe yasak işleyebilir mi, saç çalmayacaksın diyebilir misin insanoğluna. Sazı daha küçük yapmaya başlamış müzisyenler, cübbelerinin içine saklayabilmek için.

İçgüdü gibi; insan belgelemek istiyor. Aklından geçen sözcükleri yazıya döküp saklamak istiyor, aklında geçen sesleri notaya dökmek arzusu doğuyor. Düşündüklerini belgeleyen hayvan insan dediğin; belgeleyen ve paylaşan. Bunu durduramazsın, yürüme, konuşma demek gibi bir şey müzik yapma dinleme, yazma demek.

Günümüz İran'ında hem biraz izin verilen İran popu var, el altından dağılarak altın çağını yaşayan ise İran hiphopu. Son derece edepsiz liriklere sahip bu parçalar gençler arasında son derece popüler. Hatta İranlılar hiphopu o kadar çok benimsemişler ki, hiphopun Pers geleneğinde olduğunu savunuyorlar. Yasak savuşturmaya çalışmanın yegâne şeyi malum bu rejimde geleneği referans göstermek. O yıllarda politik şeyler söylemiyorlardı hiphopçular, bol bol seks göndermeli şeyler söylüyorlardı. Ama Sasy

Makan mesela en ünlü hiphopçulardan biri, Yeşil Yol'a destek açıklaması yapmıştı. Bunlar tabii yer altından çalan çocuklar diyorum ama yanlış anlamayın, yurt dışında İran diasporasına konser veriyorlar, karşılıklı düetler yapıyorlar, internette video klipleri havalarda uçuşuyor.

Elbette Sasy Mankan'ın falan İran'ın içinde konser verebilmesi söz konusu olamaz. Konser izni alabilen sanatçılardan bir tanesi Omid Hajili oldu. Karrobi'ye falan yakın tanıdıkları varmış o zaman, öyle söylendi. Orta boy bir salon ayarlanmış, biletler satılıyor. Omid, jazz müzik yaptığını söylüyor ama daha ziyade geleneksel İran şarklarını poplaştırıyor diyebiliriz.

Konser salonu doluydu, kadınlı erkekli genç bir topluluk. Herkes boş bulduğu koltuğa oturuyor. Kim nereye oturacak karışan yok. Konseri dinleyenler şarkılara eşlik etmek, için fosforlu ışıldayan çubukları sallayabiliyor, belki kendileri de biraz sallanabiliyor, bu kadar, fazlası sakıncalı! Salonun içinde görev yapanlar var, dans etmeye başlayan olursa, "Lütfen hanımefendi!" diye uyarıyorlar. Bu tür durumlarda müdahale çok yerden gelebiliyor, hem türlü çeşit ahlak zabıtası gelip nöbet tutup izliyor, bazen de organizatörler kendileri tedirgin olup müdahale ediyorlar. Ama burada herkes hopur hopur dans ederse, şimdi başımıza iş alırız, bizi de tutar sorgularlar ya da bir daha konser yapmamıza izin vermezler diye organizatörler kraldan çok kralcı kesilebiliyor.

İran'da hasbelkader olabilirse izinli konserler işte böyle danssız oluyor. Kimse birbirine değmeden, ellerini sallayarak müziğe eşlik ediyor. Omid eski türküleri yeni yorumla söylüyor. Kürtçe söylüyor, bol bol Türkçe söylüyor. Hatta çok fazla Türkçe-Kürtçe söyleyince, arkamda oturan genç bir çocuk söylenmeye başladı, ne zaman Farsça söyleyecek bu diye.

Zaman zaman solo saksafon çaldı Omid Hajili, aman kimse dans etmesin salınmasın diye görevliler salonda dört döndü.

Müzikle dans etmenin kime ne zararı olabilir ki? Eğlenceden niye korkar bir sistem? Eğlenceden, mutluluktan, mutlulukla içinin dolup taşmasından, insanların birbirini beğenip aşk yaşamasından... Sevgi yıkar mı acaba diktatörlükleri, eğlenmek yener mi mezalimi? Belki de evet, başka niye her baskıcı sistem bu kadar korksun ki mutluluktan.

Baskıcı sistemler hep didaktik, üzüntü dolu efsaneler üzerine kuruluyor. İnsanın içini karartan, insanın ruhunu bastıran efsaneler. Hayat değil hep ölüm yüceltiliyor, devlet için giden canlar, rejim uğruna feda olsun bedenler, ardından hayat boyu yasa girenler. Böyle bir insanın ruhunu Pavlov köpeği gibi terbiye eder baskıcı rejim. Üzüldükçe ağladıkça sisteme tutunabilirsin ya da öfkelendikçe, sertleştikçe sistem yüceltir seni. Gülmeyi unutursun, eğlenmekten utanırsın, içinde yaşadığın sisteme dönüşürsün, bir zaman sonra yaşayan bir ölü gibi... Hep ölüleri sever diktatörlükler, hem öbür hem de bu dünyadakileri. Ölüler ses çıkartamaz çünkü itiraz edemezler. Talep edemez ölüler, direnemezler...

İRAN HİP HOP

İran'da ev partilerinde en havalı şeylerden biri eve DJ çağırmak. Gençler arasında "cool" bir uğraş olarak da kabul ediliyor. DJ'ler ev partilerinde genellikle İran popu çalarlar. Genellikle melodileri birbirine benzer, için içini kıpır kıpır hareketlendiren ezgilerdir bunlar. Melodisi neşeli, sözleri acılıdır çoğu zaman. Ayrılık, aşk acısı temaları çok işlenir. Gece boyu İranlılar DJ'lerin çaldığı bu şarkılar eşliğinde hopur hopur dans ederler.

İranlılar çok farklı tatlara, zevklere her zaman çok açık bir toplum değil. Yemeği de sanatı da tüketirken benzerlik, alışılageldiklik arıyorlar. Tahran'ın en hip lokantalarında uluslararası tatlardan ziyade kebap tüketilir mesela. Dışarıdan gelen tatları içselleştirmeleri bir miktar kendilerine benzetmeleri gerekiyor. Pizza, İranlılara göre neredeyse bir İran yemeğidir örneğin. Kebaptan sonra en çok pizza tüketilir. Bir İranlı aşçının Fars yemek zevkine göre pişirdiği pizzayla İtalya'da ödül aldığına dair şehir efsanesi var. Ama Tahran'ın en lüks semtinde de olsa açılan Suşi barın çok fazla şansı yok. İranlılar kebabı her zaman suşiye tercih ederler. Suşinin içine kebap koymanın formülünü biri bulursa işler değişebilir elbette.

Bir başka İrana özgü şey de İranlılara göre hip hop. Yerli hip hopa Rap-i Farsi ya da 021 müziği diyorlar. 021 Tahran'ın plakası. İranlıların bir kısmı antik çağlardan beri hip hopun Pers topraklarında var olduğu düşüncesinde. Anadolu'da olan ışık atışmasının benzerinin hip hopun bir tür atası olduğunu düşünen çok sayıda İranlı var. İran geleneksel halk müziği hip hopun atasıdır demek belki çok iddialı olabilir ama muhtemelen belirli süreçlerden geçen insanoğlu birbirine paralellik gösteren sesler üretebiliyor diyebiliriz.

Devrimden sonra müzik yasaklanınca, bir süre ülkeye kaçak giren Türk popuyla dolan İran müzik piyasasında, 2000'li yılların başından itibaren İran hip hopu rüzgârları esmeye başladı. 2009 seçimine giderken ve seçim sonrasında ise İran hip hopu müthiş politik bir şeye dönüştü. Elbette yasal yollardan bu hip hop albümlerini piyasaya sürmek imkânsız. İran hip hopu da tıpkı Amerikan hip hopu gibi, bol cinsel içerikli şarkı sözleriyle dolu.

Müthiş belden aşağı şarkı sözleriyle ünlü olan bir hiphopçu Sassy Mankan mesela. You Tube için çektiği müzik kliplerine erişmek mümkün. Zaman zaman dünyaca ünlü şarkıcılarla da düetler yaptığını görebiliyoruz. Sassy Mankan 2009 senesinde, Yeşil Yol'un mitinglerinde boy gösterdi ve elbette çok ilgi gördü. İşler sertleşince bir süreliğine ortadan kayboldu.

Hip hop malum, politik bir müzik. Hatta belki edepsiz şarkı sözleri de politik karakteristiğinin bir parçası. İranlı Zed Bazi, "Yaz Kısa" adlı şarkısında, "Daha seksi hissediyoruz (kokain çektikten sonra) sanki. Meskika'da bir sahildeyiz, sonra yatakta... üst üste, ve bana 'sikeyim' bu hayatı diyorsun," diyor. Özgürlük ve cinsellik son derece politik meseleler malum İran'da.

Hip hopun cumhurbaşkanı olarak bilinen isimse Hiçkes, yani Farsça Hiçkimse. 2006 yılında "Asfalt Cangılı" adında ilk albümünü çıkardı. Şarkı sözleri genellikle baskı ve adaletsizlik üzerine. Bazam Kalan şarkısında "Herkes evine dönsün, polisler geliyor. Yasadışı şeyler var üzerimizde, herkes evine dönsün. Polisler geldiği zaman süt dökmüş kedi gibi olacağım. Polisler geldiği zaman düzgün bir mühendis (Mühendislik çok itibarlı bir meslek olduğu için, ne kadar efendi olacağını anlatmak için burada müzisyen özellikle mühendis kelimesini seçiyor. Efendi, uslu akıllı, itibarlı olacağım anlamında) gibi olacağım. Ama polisler gider gitmez herkes yeniden ortaya çıkacak ve rap yapmaya devam edecek. İnsanları tutuklamak malum polislerin hobisi," diyor. Müzik yapmanın yasak olduğunu üslubuyla anlatıyor.

2008 yılında Hiçkes "Bir Avuç Asker" isimli şarkısına klip çekti, klipte sokakta irşad polisleri tarafından itilen kakılanları gösterdi, birlik olursak baskıyı yeneriz temalarını işledi. Ve elbette Hiçkes'in başı belaya girdi. Tutuklandı cezaevine atıldı, bir süreliğine pasaportuna el kondu. Hiçkes pasaportunu geri alır almaz da İran'dan kaçtı. En son Londra'da muhasebe eğitimi alıyordu. Hiçkes müzik yapmaya devam ediyor. Malum bu işi Tahran'dansa Londra'da yapmak daha kolay. Şarkı sözleri hâlâ politik, haksızlıklar ve ayrımcılık üzerine. İngiltere'den müzik yapıyor ama Farsça söylüyor, hatta bu konuda biraz tutucu, direniyor. Muhtemelen İngilizce müzik yapsa daha fazla dinleyiciye ulaşır ama anadilini bırakmak istemiyor. Her gurbete sürülen sanatçı gibi muhtemelen buruk ve kalbinin yarısı İran'da. Aslında hâlâ İran için müzik yapıyor.

Bir başka dikkat çeken hiphop karakteri Amir Tataloo. Instagramda dört milyondan fazla takipçisi var. 2013 ve 2015 yıllarında iki kere tutuklandı, tutuklanma gerekçesi, müziğiyle ahlaksızlık ve fuhuşu teşvik etmesi. Tataloo'nun şarkı sözleri politik değil, genel olarak aşk ve seks göndermeli. Ve elbette hip hop müziği yapıyorsanız, şarkı sözlerimde kastettiğim aşk Allah aşkı, söylemi pek eğreti duracaktır.

Son tutuklandığında Tataloo'nun hayranları sosyal medyaya akın etti. Tahran başsavcısı iki ay sonra Tataloo'nun özür dilediği için kefalet karşılığı salıverildiğini duyurdu, hayranları rahat bir nefes aldı. Tataloo da tutuklana tutuklana işi öğrendi aslına bakarsanız. İran, Batı ile nükleer müzakereleri sürdürürken kamuflaj giyip, tankların önünde klip çekti. Rejime bol övgülü mesajlar vermeye başladı.

MAHMUD AHMEDİNEJAD

2005-2013 döneminin parlak çocuğu Mahmud Ahmedinejad'dı. Siyaset öyle acımasız bir şey ki, 2013'ten sonra bir daha esamisi bile okunmadı. Hamaney, Ahmedinejad'ın sözünden çıkmayacağını, Ahmedinejad da Rehber'in kendisini ne olursa olsun destekleyeceğini umdu, ama her iki taraf için de evdeki hesap çarşıya uymadı.

2009 seçimin tartışmalı sonuçlarıyla sokaklar inlerken, başından sonuna hiç tavır değiştirmeyen isim Rehber Ali Hamaney oldu. Hamaney seçim sonuçları açıklandıktan sonra Ahmedinejad'ı tebrik etti, sonuçlardan ötürü İran halkını kutladı, tartışmaları bitirmek istedi, hiçbir isyan sesine kulak asmadı.

Seçimden sonra reformistler sokaklarda seçimin tartışmalı sonuçlarını protesto ederken, onlara karşı toplanan Ahmedinejad yanlıları, "Marg bar Zed-i Velayet-e Faqeh" yani "Velayeti Fakih'e karşı çıkanlara ölüm" diye bağırıyorlardı, Ahmedinejad'dan çok Hamaney'in adını anıyorlardı. Bu kalabalıklar için mesele Ahmedinejad'dan çok Rehber Hameney'in sözüne karşı gelinmesiydi. Bu nüansı muhtemelen Ahmedinejad fark edemedi istediği gibi at koşturabileceğini zannetti, böylece de siyasi olarak kendi ipini çekti.

Seçimin ardından Ahmedinejad'ın ilk halkla buluşması Ordu Günü'nde oldu. Humeyni'nin mezarı yakınlarındaki tören alanına Ahmedinejad yanlıları doluşmuştu. Özellikle yabancı basına öfkelilerdi, seçim sonuçlarına yapılan itirazları yayınlayan yabancı medyanın İran'a komplo düzenlemeye çalıştığını düşünüyorlardı. Dolayısıyla halk ile basın arasında epey boş alan bırakılmıştı. Gazeteciler olarak şeritle çevrili bir platform içine alındık ve tüm töreni öyle izlememiz istendi. Hoş halbuki "yabancı" basın diyebileceğimiz bir tek ben vardım, her şeye rağmen, normal bir haberci gibi ne olup ne bitiyorsa haberini yapmaya çalışıyordum, TRT de muhtemelen ne olup bittiğini aslında anlamadığı için yayınlamaya devam ediyordu. Benim haricimde yabancı basın namına Rusya ve Çin devlet televizyonları muhabirleri vardı. Bu arkadaşlarımız genelde gazeteci değil de memur gibi çalışırlar, haber ne olduğu değil, ne olması isteniyorsa odur onlar için.

Ahmedinejad, alana helikopteriyle geldi. Törenden önce, İran devletinin ne kadar büyük ve yenilmez olduğunu anlatan klasik konuşmalarından birini yaptı. Kötü bir tesadüf gibi o törende iki askerî uçak düştü. Üstünde durulmadı tabii. Bir ülkede gerçekten demokrasi yoksa illa resmi adında "demokrasi, halk" gibi kelimeler geçer ya; Demokratik Kongo Cumhuriyeti, Çin Halk Cumhuriyeti gibi, bir ülke için ne kadar büyüklük, ne kadar kudret nutku atılıyorsa bilin ki, devletin gerçek kudreti konusunda liderin de halkın da kuşkuları vardır. Neye sahip değillerse halklar en çok onu sayıklarlar sanki.

Seçimden bir önceki askerî geçit töreninden mesela yine bir uçak krizi vardı. Bu kez İran'ın ürettiğini iddia ettiği uçaklardı. Bu uçakların ilk kez bu askerî törende görüleceği, İran semalarında uçurulacağı, dosta güven düşmana korku salacağı duyurulmuştu. Dünya da bu töreni uçaklar ne menem bir şey çıkacak diye meraktan izledi. Biz de tören alanına merakla gittik. Sonuçta uçaklar uçurulmadı. Uçakların bu törene yetiştirilemediği söylendi. Onun yerine piyade erler, bu uçaklara ait olduğu söylenen dev maketleri taşıdılar. Komik olmanın ötesinde trajikti. Komplocu bir düşman aranıyorsa bu çoğu zamanda dışarda değil içerdedir. Bu tür baskıcı rejimler çoğu zaman kendi kendilerinin düşmanıdır aslında. Yalan destanlar, uyduruktan güç gösterileri ilelebet insanları kandıramaz çünkü.

Son tören, uçakların düşmesinin haricinde, her zamanki gibiydi, yürüyen askerler, taşınan füzeler vesaire. Ahmedinejad törenin sonunda geldiği gibi helikopteriyle gitti, helikopter havalanırken meydandaki halkın üzerinde turlamayı bu esnada Ahmedinejad da halka el sallamayı ihmal etmedi. Ne ironiktir ki Ahmedinejad'ın siyaset sahnesinden çekilişi de buna benzer oldu.

Ahmedinejad'ın siyasi kariyerindeki sallantının ilk emaresi aslında Ali Kordan olayıydı. Seçimden önce, 2008 yılıydı. Ahmedinejad'ın içişleri bakanlığı koltuğuna getirdiği isim Ali Kordan. Ali Kordan, Oxford Üniversitesi'nden doktora derecesi aldığını iddia ediyordu. Fakat basında Kordan'ın böyle bir doktorasının olmadığı yazılıp çizilmeye başlandı. Kordan, söylentileri bastırmak için doktora programını tamamladığına dair sözde Oxford Üniversitesi'nden alınmış bir belge yayınladı; bu kez de belgedeki gramer hataları basının dikkatini çekti. Anlaşılan Kordan bu uyduruk belgeyi evde hazırlayıvermişti. Sonunda meclis Ali Kordan'a güvenoyu vermedi ki, mecliste muhafazakârlar çoğunluktaydı. Tüm bunlar tartışmalı 2009 seçiminden önce oldu. Aslında Ahmedinejad her zaman kaygan zemindeydi muhtemelen farkında değildi.

Ahmedinejad'ın Hamaney'i kızdıran asıl hamlesi ise Efsandiyar Rahim Meşhai'yi cumhurbaşkanı yardımcılığı görevine getirmesi oldu. İran siyasetinde akrabaların yüksek pozisyonlara doldurulması bir tür siyasi gelenek. Bal tutan parmağını elbette yalıyor, buna da kimse itiraz etmiyor. Meşhai'nin oğlu Ahmedinejad'ın kızıyla evli ama Hamaney'i kızdıran detay bu da değil.

İran'da basın bir siyasi ilgili eleştirel haberler vermeye başlarsa bilin ki o siyasetçinin ipi yukarıdan çekilmiştir. Ahmedinejad 2009 seçimleri sonrasında Meşhai'yi hemen yardımcılığına atadı, Meşhai daha önce İran Kültür Mirası Kurumu'nun başındaydı. Bu atamaya Hamaney itiraz etti. Ahmedinejad'a bu atamayı doğru bulmadığını geri alınmasını istediğini belirten bir mektup yolladı. Ahmedinejad Meşhai'yi geri çekti ama sonra yeniden atadı. Yani tüm kamuoyunun gözü önünde Hamaney'in dediğini yapmadı, açık açık başkaldırdı. Meşhai daha önce "İsrail dahil tüm halklar İran'ın dostudur," gibi açıklamalar yapmıştı, bu açıklama ortalıklara saçıldı. Daha sonra da İran medyasında Meşhai'nin Türkiye'de katıldığı bir açılış töreninin görüntüleri dönmeye başladı. Meşhai'nin de bulunduğu törende başı açık kızlar dans gösterisi yapıyorlardı. Mesele bunların olmuş olması değil, basın yoluyla halkın gözüne sokuluyor olması. Yoksa pekâlâ bu görüntülerden İran'da kimsenin haberi olmayabilir.

Meşhai, rahat bir karakterdi, birkaç kez mecliste karşılaşmıştım. Kadın gazetecilerle rahat sohbet ediyor, espriler yapıyordu. Kadın gazeteci olarak bazen erkek siyasetçilerle röportaj yapabilmek bir mesele, zira laf söz olmasın diye soru soran kadın gazeteciye bakmak yerine, havalara bakıyorlar, haliyle bu durum kamerada bir garip görünüyor.

Meşhai'nin, önce İranlılık sonra İslam dediği için muhafazakârlar tarafından istenmediği de çok yazıldı çizildi. Ahmedinejad sonuna kadar Meşhai'nin arkasında durdu, Meşhai demek Ahmedinejad demek dedi.

İran'da cumhurbaşkanı olmak zor zanaat. Koltuk var ama aslında yetki yok. Birlikte çalıştığın, çalışacağın insanları bile yeri geliyor seçemiyorsun. Tokmak senin elinde tamam ama davul Rehber Hameney'de, hatta yer yer Devrim Muhafızları'nda.

2013 seçimlerine giderken, Ahmedinejad'ın hiçbir şansının olmayacağı ortalığa saçılan bir başka skandaldan belli oldu. İran Yüksek Öğrenim Bakanı Kamran Daneshijoo'nun, İran ulusal müzesi direktörü Azadeh Ardakani ile asansörde öpüştüğü gösteren video ortalığa saçıldı.

Mahmud Ahmedinejad, fakir bir ailenin çocuğu. İran'da okumuş, siyaset basamaklarını bir bir tırmanmış. Devrimi yapanlardan değil, devrim sonrası köşe başını kapmış olan elitlerden değil. Basit bir adam. Basit bir hayat tarzı var. Hep aynı şeyleri giyiyor, çok az yemek yiyor. Sokaktaki adam gibi konuşuyor, basit kelimeler, basit cümlelerle. Herkesten biri... Ona oy verenler öyle hissediyordu en azından.

İlk kez Tahran belediye başkanı olduğu zaman şaşırmıştı. 2005'te hemen hemen hiç kimse Rafsancani gibi bir kurdun karşısında seçimi kazanabileceğini düşünmüyordu. Ama sandıktan o zaman Ahmedinejad çıktı. Aslında rejim için bir anlamda dönüm noktasıydı. Rafsancani Şah'ın hapishanelerinde işkence görmüş, birebir devrimin gerçekleşmesinde rol almış, devrim kuşağının önde gelenlerindendi. Rafsancani neredeyse İran İslam Cumhuriyeti demekti.

Aslında bu açıdan bakıldığında İran bir avuç insan tarafından yönetiliyor, bir avuç elit. Siyasette hep aynı isimler. Devrimi yapanlar oturdukları koltuklardan kalkmak istemiyor bir türlü. Köşe başları tutulmuş bırakmıyorlar. Fabrikaların sahipleri onlar, mecliste onlar, bakanlıklarda onlar.

Ahmedinejad'ın seçilmesi bu zincirin bir anlamda kırılmasıydı. Yeni nesil muhafazakâr bir siyasetçi, eski muhafazakâr, yeni reformist, rejimin ağababası, lakabı köpek balığı olan Rafsancani'yi sandığa gömmüştü.

2009'da Ahmedinejad'a karşı kurulan Yeşil Yol ittifakında Rafsancani de vardı, Humeyni'nin oğlu da. Yani hem yenilik isteyenler hem de Ahmedinejad'ın Humeyni'den çok daha gerici olduğunu düşünenler birleşmişti. Elbette bir de köşe başlarını yeni isimlere kaptırmak istemeyenler.

2013 yılı Ahmedinejad için tam anlamıyla bir son oldu. Hamaney Ahmedinejad'ın bir kez daha aday olmasını istemediğini belirtti. Mahmud Ahmedinejad son kez burnunun dikine gitti, seçim için adaylığını yeniden koydu. Eski cumhurbaşkanının adaylığını bu kez Anayasayı Koruyucular Konseyi onaylamadı. Artık siyaset Ahmedinejad için bitmişti.

Ahmedinejad döneminde devlet bol keseden harcadı. Geliri düşük olanlara para dağıtıldı. Ambargolar bu dönemde sıkıştırıldığı için İran petrolünü aracılar, üçüncü kişiler üzerinde satabildi, aracılar cebini doldurdu İran kaybetti. Bu aracılardan birini Türkiye çok iyi tanıyor, Babek Zencani. Enflasyon ve bütçe açığı aldı başını gitti. İran gözle görülür biçimde geri gitti.

Ahmedinejad İslam devrimi tarihindeki, ilk kadın bakanı kabinesine atadı. Bir doktor olan Destjerdi'yi. Ama kadın hakları konusunda ileri değil geri gidişler yaşandı. Bir ara kadınların devlette tam gün çalışması yasaklansın, sadece yarı zamanlı çalışabilsinler tartışması yaşandı. Üniversitelerde İngilizce tercümanlığı, nükleer bilimler, turizm, elektrik mühendisliği, bilgisayar mühendisliği gibi bölümler pek çok üniversitede kadınlara kapandı. Ülkenin üzerine artan ambargolar sonucu ortaya çıkan fakirlikten ve boğucu hale gelen baskılardan, kapkaranlık bir hava çöktü.

Sistem de bir noktadan sonra Ahmedinejad'a yardımcı olmuyordu. Cumhurbaşkanlığının son senelerinde muhtemelen Ahmedinejad çok fazla soğuk ter döktü.

Eğer Hamaney'in sözünden çıkmasaydı, tüm bunlara rağmen Hamaney Ahmedinejad'ı korur muydu? Menfaati o an öyle gerektirse muhtemelen korurdu. İran'da en zirvedeki koltukta oturabilmenin de kendi incelikleri dengeleri var elbette.

Kaderin kötü bir cilvesi gibi. Sistemin işi bitince Ahmedinejad da Musavi gibi kenara konuverdi. Esamisi okunmaz hale geldi. Elbette Mahmud Ahmedinejad bir nebze daha şanslı. En azından ev hapsinde değil. Bir kenarda hayatını daha rahat koşullarda sürdürebilecek.

Rejim ise son kertede Musavi'yi ve Ahmedinejad'ı harcayarak kendini kurtarmayı başardı. Dipten gelen değişim isteyen, ambargolardan bıkan bir kitle vardı, Hamaney de bunu görüyordu. 2009'daki gibi kitlesel eylemlerin tekrarlanmaması, bu ortamın bir daha oluşturulmaması gerekiyordu. 2013 senesinde muhalefete seçilebilir olması için sistem bir ayar çekti. İronik bir şekilde yeşil sakıncalı bir renkti artık. Yeşil kaldırıldı, mor getirildi. Elbette bu morun feminizm moruyla bir alakası yoktu, sadece yeşilden başka bir renk gerekliydi. Musavi tekrar sahneye çıkamazdı, hem reformistlerin kabul edebileceği hem de muhafazakârları çok korkutmayacak bir isim Hasan Rohani bulundu. 2013 seçimleriyle reformistler iktidara geldi. Muhtemelen Ahmedinejad'ın da çok istediği şey buydu, onun yapmasına izin verilmedi, Rohani döneminde Batı ile İran'ın nükleer çalışmaları konusunda anlaşma sağlandı, ambargolar peyderpey hafiflemeye başladı. Enflasyonu aşağı indirmek, bütçe açığını kapatmak çok da kolay olmadı. Yeni yönetim bir nebze de olsa umut oldu.

MARG BAR AMRİKA

Marg bar Amrika, Amerika'ya ölüm demek. Tahran'ın tam göbeğinde ana caddelerden birinin kenarındaki binalardan birinin yoldan görünen cephesinde dev gibi bu slogan yazılı. Akarak eriyen bir Amerikan bayrağı ve altında füzeler de slogana zemin olmuş. Alışkın olamayan için tüyler ürpertici.

1979'da basılan eski Amerikan Büyükelçiliği şu anda bir müze. İçinde Batı'yı şeytanlaştıran ve İran'ın kahramanlıklarını anlatan çeşitli illüstrasyonlar var. Baskında ele geçirilen envai çeşit evrak doküman da sergileniyor.

İran rejimi inat rejimi gibi. Kızgın küçük bir çocuk gibi devlet. Hapiste açlık grevi yapan IRA militanı Bobby Sands'in adı bir sokağa verilmiş mesela, hakeza Naser'a suikast düzenleyen İstanboli'nin de adını taşıyan bir sokak var. Dünyaya inat rejimi bu, herkes Mersin'e biz tersine rejimi.

Hem Kaçar Hanedanı hem Pehleviler döneminde İran'ın doğal kaynaklarının İngilizler tarafından nasıl sömürüldüğü sürekli hatırlatılıyor. Batı'nın dost değil düşman olduğu resmi söylemle sürekli kafalara kazınıyor.

Hazreti Hüseyin'in Kerbela'da açlık susuzluk çekerek feci biçime öldürülmesinin yasını tutan bir ülke İran. Acı, keder, haksızlığa uğramanın getirdiği çöküntü ve öfke; bunlar İran ulusal kimliğinin bir parçası. Modern zamanlara da yine öfke olarak yansıyor bu ruh hali. "Tüm dünya İran'a karşı. Tüm dünya İran'ın yok olmasını istiyor; bu uğurda ne canlar ne başlar gitti!" Rejim sürekli bunu işliyor. Öfkeyi sürekli yeniden üretmek hep canlı tutmak istiyor. Onun için de Tahran'da tüm apartmanların üzerinde şehitlerin resimleri çizilidir; hep savaş hatırlatılır, hep acı. Geçmişi gömmek diye bir şey yok İran'da. Acıların sürekli yeniden üretilerek anımsatılması var. Tüm bu hissiyat devlet kapitalizmi ile beraber bir şekilde yürüyor. Ve fakat küreselleşme karşısında bu sert kabuk ne kadar daha kırılamaz, onu zaman gösterecek.

İran'ın milli günleri genellikle ya askeri geçit törenleriyle süslenir ya da "halk" toplanır. *Fajr* [fecr] yani güneşin doğuşu denilen yaklaşık on günlük süreç çeşitli etkinlikler kutlanıyor. Fajr sinema festivali de yapılıyor örneğin, Humeyni'nin İran'a dönüşü de temsili olarak canlandırılıyor ve kutlanıyor. Amerikan büyükelçiliğinin basıldığı gün de eski elçilik binası önünde kutlanıyor. Kalabalıklar toplanıyor ve yüzlerce insan Tahran'ın göbeğinde "Amerika'ya ölüm" diye bağırıyor.

Bu toplantılara okullardan öğrenciler götürülüyor elbette. Devlet memurları götürülüyor. Muhakkak gönüllü katılanlar da oluyor.

Bu eylemlerde uzun süre gençleri gözlemledim. Hatta genç bir adamı basın için kurulan yüksek platformdan kameramanımla beraber izledik, TRT için haberini de yaptık. Genç adam kalabalığın için pek çok genç gibi arada bir Amerika'ya ölüm sloganlarına katılıyor. Bir yandan da karşı cins yaşıtlarıyla iletişim kurmaya çalışıyor. Bir genç kızın yanına gitti, kızcağız pas vermedi, beş dakika sonra başka bir genç kızla konuşmaya başladı. Son derece masumane temaslar bunlar. Karşı cinsten gençlerin dünyanın normal olan kısmındaki gibi bir araya gelebilecekleri ortam çok fazla yok. Okulda sağlıklı iletişim kuramıyorlar. Üniversitede bile amfilerde farklı yerlerde oturuyorlar. Bar, disko vesaire zaten mevcut değil. Genç, varsıl bir aileden değilse evinde parti falan da veremez. Kafeler var, buralar iletişim kurulabilecek yerler. Bir de işte bu tür toplumsal toplaşmalar var. '90'larda 2000'lerde doğmuş gençler için muhtemelen Marg Bar Amrika çok da fazla bir şey ifade etmiyor.

Humeyni'nin Amerika'ya taktığı isim "Büyük Şeytan", İngiltere'ye taktığı isim ise "Küçük Şeytan". Devlet televizyonunda radyosunda, haberlerde haber tartışma programlarında Amerika'dan İngiltere'den o kadar çok bahsedilir ki, sokaktaki herhangi bir İranlı size son on Amerikan başkanını tek nefeste sayabilir. Sabahtan akşama resmi söylemde Amerika ve İngiltere lanetleniyor ama gençler okumaya, çalışmaya Amerika'ya gitmek istiyorlar. Hemen herkesin Amerika'da bir akrabası var, temasları Amerika'yla bu nedenle de kopmuyor.

İran ve 5 artı 1 diye formüle edilen Batı arasında müzakereler sürerken, Amerikan Dışişleri Bakanı John Kerry, bu Amerika'ya ölüm sloganlarını kastederek, artık bu çocukça şeyleri bir kenara bırakmak gerekiyor, demişti. Hatta o dönem Amerikan kamuoyunda da sabah akşam Amerika'ya ölüm diye bağıran ve bağırtan bir sistemle müzakere masasına oturmanın ne kadar doğru olduğu epey tartışıldı.

Seçimlerden sonra Yeşil Yolcular bu sloganı değiştirdiler "Marg bar Rusiyeh" yani "Rusya'ya ölüm"e çevirdiler. Protestocuları sorgusuz sualsiz cezaevlerinde çürüten bu hükümete destek verdiği için Rusya karşıtı bu slogan İran İslam Cumhuriyeti tarihinde ilk kez sokaklarda atıldı.

Bazen de Türkiye'ye ölüm sloganları yankılanır Tahran sokaklarında. 1915 olaylarının yıldönümünde Tahran'ın merkezindeki Ermeni kilisesinde Ermeniler toplanır. İran'da yaşayan yaklaşık 25 bin kadar Ermeni var, önemli bir kısmı 1915'te İran'a kaçmış olanlar. 24 Nisan'da kilisenin avlusu kalabalıkla dolup taşıyor ve kalabalıklar "Marg bar Torkiyeh" diye slogan atıyor. Sloganlara genellikle İran Azerileri tepki gösteriyor, Besici sadece izlemekle yetiniyor.

Bu mitinglerden birini gazeteci olarak izlemeye gittim, elimde TRT mikrofonu vardı. Kameramanım bize sataşabileceklerini düşündüğü için gergindi. Bu tür olaylarda püf nokta gerilmemek. Alanda rahatlıkla işimi yaptım. Alandaki İran Ermenilerinin pek çoğu bana o günlerde popüler olan Türk dizisi *Aşk-ı Memnu* ile ilgili sorular sordular.

Ölüm aslında nedir bilmeden ölümü çağırmak, zorla kitlelere ölüm diye bağırttırmak... Derslerinden çıkarılıp alanlara toplanan, ölüm, ölüm, diye slogan attırılan el kadar çocuklar kim bilir kafalarında nasıl bir ölüm canlandırıyor. Şiddet daha küçücükken, gencecikken kafalara nasıl işleniyor.

Bu coğrafyada gerçekten canları kim yakıyor? Dışarıdan önce içeriye dönüp bakmak gerekiyor. Amerikası Rusyası mı? Yalanla, öfkeyle varlıklarını sürdüren, yaşamı değil ölümü kutsallaştıran rejimler mi?

NAZANİN

Yakın arkadaşımdı Nazanin. Eski kocası Türkiye'de çalıştığı için Türkiye'de de yaşamış, şakır şakır Türkçesi var. İran Azerileri aslında Türkiye Türkçesini öğrenirken daha çok zorlanıyor. Bazı kelimeleri farklı anlamlarda kullanıyoruz, bazı kelimeleri farklı telaffuz ediyoruz kafalar daha çok karışıyor. İronik belki ama Türk olmayanlar Türkiye Türkçesini daha kolay öğreniyor. Nazanin de Fars olduğu için hafif bir aksanla sular seller gibi konuşuyordu Türkçeyi.

Çok eğlenceli kadındı Nazanin, yesin içsin gezsin çok sever. Ev partisi, ev partisi gezdik bir dönem. Garip garip tiplerle tanıştık. Bir gün yine bir ev partisindeyiz, birden kapıdan içeri bir çocuk girdi. Hava o kadar soğuk değil ama kürk giymiş, son derece havalı, bir de neredeyse aynısı gibi yanında kardeşi var. Aynı gibiler çünkü ikisi de burunlarını yaptırmış, gözlerde lensler. Nasıl havalılar nasıl dikkat çekiciler. İran'da ev partilerinde, yani çok ekstravagant bir ortam yoksa, yerli pop çalıyor insanlar da dans ediyor. Bu havalı beyler dans etmediler, ellerinde içkileri takıldılar.

Bu partilerde yabancıysan dikkat çekiyorsun, geldiler tanıştılar sohbet ettik. Dağlarda şelaleleri varmış oraya davet ettiler, aman sağ olasın dedik Nazanin'le evlerimize dağıldık.

Bazen çöle pikniğe giderdik hep beraber. Çöl güzeldi, çünkü özgürdük çölde. Çölde polis asker yok ki, kafanı açtın kapadın derdi yok. Salardık başörtülerimizi giderdi. Bir de buzluğun içine biraları doldurduk mu bizden kralı yok.

Gündüz kavurucu, gece buz gibi olur çöl. Doğru düzgün uyku tulumun yoksa titrersin donarsın. Ama güzel vakit geçirirdik, donduğumuza değerdi.

Kendine göre kuralları vardı ama deli kızdı Nazanin. Bir ara ortadan kayboldu. Gerçi çıktı ortaya sonra. Kaçar hanedanının torunuyla çıkıyormuş şimdi meğer.

Bütün aile İran'ın kuzeyinde, her şeyden uzakta, ormanın içinde bir konakta yaşıyorlarmış. Aileden kimse çalışmıyormuş, oğlan dahil. Hanedandan ne kaldıysa onu satıp savıyorlarmış. Halıları sattıklarına tanık oldum diye anlattı. Ama öyle halılar ki bunlar ta hanedan zamanından kalma. Milyon dolarlara satılıyor. "Öyle tipler gelip alıyor ki, o halılar ziynetleri, yolda görsen eline para sıkıştırırsın," dedi Nazanin. Hep de illa başı sarıklı Molla hepsi ama sakallı pis pis kılıksız tipler diye ekledi.

Çalışmıyor aile, e ne yapıyor diye sordum. Full uyuşturucu. Kaçar hanedanı zaten afyon çekmesiyle anlatılır İran tarihinde. Kaçarlar halka afyonu dayadı uyuttu, İngilizler İran'ın petrolüne kondu diye anlatılır. Hâlâ afyon çekiyormuş bütün aile nasıl meretse.

Biz asid de yaptık oğlanla çok, diye anlattı Nazanin, müthiş! Bir şeymiş. Ormanda sanki ağaçlar seninle konuşuyor, rüzgâr sanki renkleri taşıyor gibi oluyormuş. Kopamazsın o kafadan dedi.

Koca eski hanedan, devrik bir hanedan, ormana gömülmüş, sadece tüttürüyor. Kafası hep güzel, başka âlemlerde... Belki de bir kaçış yöntemi bu kim bilir.

Sadece hanedanlara özgü bir sorun değil bu. İran'da çok ciddi bir uyuşturucu sorunu var. Haplar, onu bırakın eroinin taş hali *crack*ler gırla gidiyor. Akşamları denk gelirsiniz böyle çocuklara, uçmuş, sokakta kendi başına bir oraya bir buraya savrulan. Fakirler evde *met* yapıyor. Felaket bir şey, lime lime etleri döküle döküle ölüyor çocuklar. Yıllar yılı bu sorunu Irak-İran savaşı sonrası bunalımıyla açıklamışlar. Şimdi de kimileri rejim mahsus göz yumuyor, millet uyuşup gidiyor, ayaklanan halktansa uyuşan halk rejim için daha iyi diyor.

Rejim göz mü yumuyor ya da artık başa mı çıkamıyor bilmiyorum. Ama şu bir gerçek, İran'da gençler için pek ümit yok. Özel sektör desen yok. Devlet desen bir zümrenin elinde, bürokrat olarak yükselme şansın yok. Dünyanın en zekisi en kabiliyetlisi olsan çalışabileceğin yer yok. Alnındaki namaz izi her şeyden önemli, bir de akrabaların. Aileden rejimin sevmediği isimler varsa zaten hayatta şansın neredeyse hiç yok. Para yok, kurulacak hayal bile yok. Ne yapsın çocuklar kendilerini uyuşturmaktan başka.

Eski hanedanlar için de durum böyle muhtemelen. Bir Kaçar artık ne yapabilir ki, işte anca evde oturmaktan başka. Pehleviler gibi İran dışına gitmiş olsalar başka, ama İran'ın içinde en fazla bir ormanda uyuşabilirler, başka da pek seçenekleri yok.

Nazanin, çok iyi bir çocuktu diye anlattı; çok güzel, sevgi dolu bir aşk yaşamışlar. Ama yorulmuş Nazanin, uyuşmaktan yorulmuş. Habire uyuştuğu için işini de kaybetmiş. Beyaz yakalı bir kadın sonuçta, babası zengin değil, kendi kendine yetiyor. Çalışıp para kazanması gerekiyor. Saplantılı bir hal aldık birbirimize karşı, dedi.

Bekâr bir kadın ve devrik bir asil. Bu toplumda kenara itilmiş, hoşlanılmayan iki unsur. Muhtemelen birbirlerine tutundular, birlikte uyuştular, ormanın dışındaki sert gerçeklikten birlikte kaçtılar. Karakter meselesi sanırım, kimisi sonsuza kadar kaçabiliyor, kendini kapatabiliyor, kendi gerçekliğinde yaşayabiliyor.

Kimisi ise böyle değil. Gerçek acıtsa da yüzleşmek istiyor, herkesin baş etme yöntemi farklı.

Aldı başını üç kuruş parayla Hollanda'ya gitti Nazanin. Bir arkadaşının yanında kaldı. Arkadaşı çalışırken çocuğuna baktı. Şamanizme sardı orada. Şaman ayinlerine katıldı. Sarsıcıymış seanslar, derinmiş. Kendi içine dönüyormuşsun, arınıyormuşsun.

Çok anlamam ama böyle bir kızdı işte Nazanin. Hep merak ederdi, hep öğrenmek isterdi. Hangi rejim tutabilir ki, meraklı bir kadını. Hangi rejim yaşama diyebilir ki yaşamak isteyen bir insana.

Şimdi Türkiye'den kıyafet götürüp İran'da havalı bir dükkânda satıyor Nazanin. İran'da asıl kıyafet satışları vitrinleri olan dükkânlarda değil, sadece bilenlerin gittiği, vitrinsiz tabelasız *showroom*larda yapılır. İşte öyle bir yerle anlaşmış Nazanin. Ortağım şahane bir kadın, 55 yaşında, 25 yaşında sevgilisi var diye sırıtıyor muzip muzip. Hâlâ bekâr, hâlâ kendi kendine yetiyor. Tahran'ın Güney'inden de koşa koşa gelip alanlar, işler çok iyi maşallah diyor. İyi olsun Nazanin, senin işlerin hep iyi olsun, yüzün hep gülsün.

İNGİLİZ MİSİN?

Gazetecilik dünyanın her yerinde çetrefilli iş. Çünkü gazetecilik aslında en kısa tanımıyla, birilerinin görülmesini istemediği şeyler gösterme mesleği. Dolayısıyla yaptığınız haber her zaman birilerini kızdırıyor. Bazen yolsuzluk yapan iş adamını, bazen işlemeyen devleti, basiretsiz yöneticileri. Gazeteci gıcıklık olsun diye haber yapmaz, ortada kamuoyunun bilmesi gereken bir şey vardır ve gazeteci kamuoyu bunu öğrensin ister, keyfinden değil, işi bu olduğu için haber yapar. Herkes ajan, herkes CIA paranoyasıyla yoğrulmuş bir sistemde gazetecilik yapmak ise aslında imkânsız.

İran'da gazeteciler içişleri bakanlığına bağlı İrşad, yani İslamı değerleri koruma birimine bağlı. Gazetecilere çalışma iznini İrşad verir, gazeteleri, televizyonları İrşad denetler. Sadece medyayı değil aslında bütün neşriyatı, çıkacak albüm, basılacak kitap, bunlar hep İrşad'ın denetiminden geçer. Eserlerde İslam'a aykırı unsurlar var mı, İrşad tek tek inceler. Aşktan meşkten bahseden eserlere izin verilmesi elbette mümkün değildir, aşktan bahsetmeyen sanat olur mu? Sanatçılar bu durumlarda hep, burada bahsettiğim aşk Allah'a duyulan aşk diye kendini savunur. Dinleyen artık nasıl isterse öyle anlar.

Dönemin turizm bakanı Ertuğrul Günay. Tahran'a gelmiş, İranlı mevkidaşıyla bir dizi toplantı yapmıştı. Toplantıların sonunda basın açıklamasında da, anlaştık Türkçe klasiklerimizi Farsça'ya çevireceğiz deyiverdi. İranlı Bakan'ın bir an da alı al moru mor oldu tabii. *Aşk-ı Memnu*'nun, hatta *Kürk Mantolu Madonna*'nın bile İrşad'ın onayından geçmesi imkânsız zira.

Ahmedinejad'ın ilk döneminde, bürokraside hâlâ Hatemi döneminin kalıntıları vardı. İrşad'da dış basınla Sayın Şiravi ilgilenirdi. Şiravi 45'li yaşlarda, orta boylu, sakallı, kravatsız tipik bir İranlı'ydı. Boynundan boydan boya bir kesik izi vardı. İran Irak Savaşı'nda çocuk yaşında savaşmış. Savaşta bir Iraklı boynunu kesmiş, nasıl olduysa bu kesik onu öldürmemiş hayatta kalmış. Ama o kocaman, korkutucu iz Şiravi'nin boynunda kalıcı. Savaşı, ölümü, acıyı belki de her aynaya baktığında hatırlatıyor. Savaş insanı sertleştirir derler ya, bazen de yumuşatır belki kim bilir, bilgeleştirir belki. Yumuşak bir adamdı Şiravi, gazetecileri anlardı. Herkesin ajan olmadığını bilirdi. Şiravi'ye dert anlatmak kolaydı.

Böyle sistemlerde bu tip koltuklarda oturan adamlar o kadar önemli ki, 2009 seçimi sonrası işler iyice sıkılaştı. Önceden gazeteci olarak Tahran'da haber yapmak için genel bir izin almak yetiyordu. Sonra işler değişti. Yapılacak her bir haber için İrşad'dan tek tek; ayrı ayrı izin alma zorunluluğu getirildi. Diyelim ki, sebze meyve fiyatlarıyla ilgili pazarda halkla konuşacaksınız, bunun için İrşad'a yazı yazıp izin almanız gerekiyordu.

İran 101: resmi makamlara yazı yazıp izin istersiniz; size asla ve kat'a red yanıtı gelmez. İran yazılı olarak izin vermiyorum demez. Yöntem şudur; devlet size yanıt vermez. Şu şu haberi yapacağım diye izin yazısı yazarsınız, kabul yanıtı birkaç saat içinde gelmezse, bu haberi yapmanıza izin verilmiyor demektir. İzin olmadan sokağa çıkıp haber yapmanın sonu da sınırdışı edilmeye kadar gider.

Hele olaylar sonrası, durum gazeteciler için çok can sıkıcıydı. Sokağa kamerayla çıktığmız an, etrafımızda sivil kıyafetli güvenlik görevlileri beliriyor, hemen izin kâğıdımızı soruyorlardı, izin kâğıdı varsa sorun yoktu. Bu dönemde siviller tarafından takip ediliyor olmak, bir yanıyla ürpertici bir yanıyla ise güven vericiydi aslında. Çünkü İran medyasında, sürekli yabancı basının çalışanlarının hepsinin ajan ya da hain olduğu, bu kişilerin gazetecilik değil, rejimi yıkma peşinde oldukları söylemi pompalanıyordu. Muhtemelen sokaktaki pek çok adam da buna inanıyordu. Yabancı basın olarak, sokakta limon fiyatı haberi yapmaya çalışırken, öfkeli bir grup eli sopalı tarafından meydan dayağı yeme riski vardı anlayacağınız. En azından bu siviller meydan dayağı yememizi engellerdi.

Şiravi döneminde izin almak kolaydı, rejimi kızdıran bir haber olduğu zaman derdini anlatmak kolaydı. Bir ara yol bulunabiliyordu. 2009 seçimleri sonrası bu ortam tamamen kayboldu. Reformistlere yakın gazeteler bir bir kapatıldı, yayınları durduruldu. Ahmedinejad da iktidarının ikinci döneminde, 2009'daki bu karışıklığı da fırsat bilerek bürokrasideki önemli noktalara da kendine yakın isimleri yerleştirmeye başladı.

Şiravi'nin yerine gelen beyefendiyle, 2010 yılı yazında bu sefer Hürriyet gazetesi muhabiri olarak gittiğimde tanıştım. İrşad'da TRT döneminden her türlü kaydım vardı, beni biliyorlardı. Ne zaman ülkeye gazeteci olarak giriş izni istesem alabiliyordum. Şimdi de yeni beyefendi benimle bizzat tanışmak istemişti.

Lokumumuzu kolumuzun altına sıkıştırdık. İrşad'ın yolunu tuttuk. Yeni müdür, her İranlı bürokrat gibi, bol pantolon, bol ceket, kravatsız gömlekli, elbette tıraşsız. Bu formatta şık ve bakımlı görünmek aslında gerçekten çok zor.

Son derece kibar buyur edildik; ki bu İran'da her zaman böyledir, başınıza dünyanın en korkunç şeyi gelecek olsa bile yetkililer kibarlıktan ödün vermezler.

Yeni müdür önce niye Doğan Grubu'na geçtiğimi sordu. Rejim, Doğan Grubu'nu sekülerist tutumu nedeniyle pek sevmez. Olur böyle bizim meslekte bizim memlekette dedim geçiştirdim. Bununla bitmedi, müdür İngilizcemin iyi olmasına taktı. Anneniz mi İngiliz? diye sordu ilk önce. Yok dedim. İngiltere'de mi okudunuz? diye ikinci soru geldi. Yok dedim, Türkiye'de okudum. İnanmak istemedi. Soruları tekrarladı. "Ah o zaman anneniz İngiliz," ben yok, ailemde İngiliz yok dedikçe üsteliyordu, ailede illa bir İngiliz bulacaktı.

İranlıların İngiltere ile tatsız bir sömürü geçmişleri var malum. Anglo-Pers Petrol Şirketi uzun yıllar İran'a tabiri caizse zırnık koklatmadan, İran petrolünü çıkarıp kullandığı için İngiltere deyince pek çok İranlının tüyleri hâlâ diken diken olur. Dolayısıyla birine İngiliz denip, bu meselenin deşilmesi hayra alamet değildir.

Baskıcı, içe kapalı iktidarlar, belki kendileri de hep kirli yöntemler uyguladıklarından, son derece tedirgin ve kuşkulu oluyorlar. Gerçeklerin dışarı sızması bu tip rejimler için felaket demek oluyor. Örneğin İran'da, başörtüsü kayan kadınların sokakta sopalandığı bir gerçek, ama bunun görüntüsünü çekip uluslararası basına haber yaparsanız hain, ajan oluyorsunuz. Bunun olduğu bir gerçek ve 21'nci yüzyılda bunların yaşanıyor olması her yönüyle haber. Ama rejimin önünde suçlu olan bu gayri insani kuralları uygulayan sistem değil, bunların yaşandığını gösteren basın.

Eğer rejimin hoşuna gitmeyecek bir şeyler yapıyorsanız, mutlaka ajan olmasınız. Başkası mümkün değil. Paradigma aşağı yukarı böyle işliyor.

Öte yandan elbette, yabancı basının ajan olarak damgalanması rejimin temel söylemini de besliyor, sokaktaki vatandaşa, tüm dünya bize karşı, tüm dünya bize düşman propagandasını aşılamayı sürdürüyor.

Kutu gibi kapalı bir sistem, sadece rejimin sevenler, övenler çalışabiliyor. Sadece rejimi övenler haber yapabiliyor. Bu da aslında küçük hayalî bir dünya yaratıyor kendi içinde, en güçlü, en mükemmel, en kusursuz biziz, bunun aksini söyleyenler bizi çekemeyenler.

Piyasaya baksanız onlarca gazete, onlarca dergi görürsünüz. Ne var ki kantite ve kalite her zaman paralel olmayabiliyor. Hangi gazetenin kime yakın olduğu bilinir. Kayhan mesela, İran'ın en eski gazetelerinden, eskiden Şah'ın sözcüsüymüş, şimdi de Hamaney'in sözcüsü. Belli başlı bazı haber ajansları Devrim Muhafızları'na yakın. Yer yer ayrı düştükleri olabiliyor ama özünde hepsi çoğu zaman aynı şeyi söylüyor. Zira kimse rejime aykırı bir şey yayınlayamaz, yayınladığı an kapatılır.

Aykırı şeyleri ancak yabancı basın yazabilir söyleyebilir; bu nedenle de yabancı basının çoğu zaman ülkeye girişine izin verilmez. Verilse bile hoşa gitmeyen bir şeyler yazarlarsa, çalışma izinleri iptal edilir. Kaçak haber yaparken yakalanırsanız, bu işin şakası yoktur, ajan diye yargılanırsanız, sonunda asılabilirsiniz. Dolayısıyla rejim aslında kendi çalar, kendi oynar.

Ve sonuç, Cumhurbaşkanı ve Rehber'in demeçlerini allı pullu bezeli, kahramanlık destanı gibi manşetlere çekildiği bir medya. Muhalefete dair tek bir cümlenin basılmadığı gazeteler, yayınlanmadığı televizyonlar. Ekonomiye dair aslı astarı olmayan rakamlarla verilen coşku. Sonuç, iddianame bile olmadan hapislerde çürüyen binlerce kişi, yalan büyüme ve enflasyon rakamlarının vız gelip tırıs gittiği binlerce işsiz, umutsuz genç. Kayıp kuşaklar. Dışarıdan kimsenin duyup bilemediği bir garip, yalan dünya ve bundan nemalanan bir oligarşi.

Elbette bir de bütün bu düzende kadın gazeteci olmak meselesi var. İran'da kadın gazeteci sayısı kesinlikle az değil, hatta çoğu basın toplantısında erkekten çok kadın muhabir görürsünüz. Fakat sosyal hayattaki bütün bu kenara itilmişlik meselesi, meslekte de kadın gazetecilerin peşini bırakmıyor.

Ahmet Davutoğlu'nun Dışişleri Bakanlığı yaptığı yıllarda, özellikle ilgilendiği konulardan biri İran'dı. Davutoğlu İran'ın nükleer meselesini arabulucu olarak çözeceğine inanıyordu. Sık sık Tahran'daydı. Davutoğlu'nun bu ziyaretlerinden birinde, İran Dışişleri Bakanı Manuçer Muttaki ve eşlerle birlikte Tahran'ın kuzeyindeki en ünlü restoranlardan birinde CBS'de bir akşam yemeği düzenlendi. Eşler de vardı ama bir çalışma yemeğiydi. Gündüz yapılan toplantılar bu yemekte de devam edecekti. Restoranın bir katı tamamen heyetlere ayrılmıştı. Kocaman bir masa ayarlanmış, masanın başında Davutoğlu ve Muttaki oturuyorlar, diplomatlar çevrelerinde. Gazeteciler için de masada yerler ayrılmıştı. Çünkü Davutoğlu bu görüşmelere kıymet veriyor, yaptığı çalışmalar, İran'a verdiği mesajlar hem Türkiye'de hem dünyada duyulsun istiyordu.

Diğer gazeteciler gibi masaya yerleşirken, durduruldum. Bu masaya oturamıyordum, diğer küçük masaya oturmak zorundaydım. Kadınlar masasına. Kadın masasında Sare Davutoğlu ve Manuçer Muttaki'nin eşleri oturuyordu. Yanlarında kadın tercümanları vardı. Kadınlar masası, asıl masaya epey uzaktı. Konuşulan hiçbir şeyi duymama imkân yoktu. Çaresiz bir şekilde kadınlar masasına iliştim. Kadınlar masasında, bir süre İran'ın ABD'ye karşı "dik duruşu" falan övüldü, sonra meseleler derinleşti. Muttaki'nin eşi menopoza girmişti ve Sare Davutoğlu, jinekolog olduğu için ona bol bol menopozla ilgili sorular sordu. O akşam menopozla ilgili çok bilgi edindim; kuşkusuz günün birinde çok da işime yarayacak, ama İran'ın uranyum zenginleştirme programı ve Batı ile ilişkilerinin dengeye oturtulması meselesi konusunda maalesef hiçbir şey duyamadım. Sanırım buna cinsiyetçi abluka demek gerekir.

Dört dörtlük dezavantajlı azınlık tanımını yapmak için "hem siyah, hem kadın" denir ya; bu durum o da hem gazeteci, hem kadın demek lazım.

SHAHRAM AMİRİ

2009'da gerçek seçim sonuçları ne idi, bunu asla bilemeyeceğiz. Şunu bilebiliyoruz ki reformistlerin kazanmasına izin verilmedi. Ahmedinejad'a bir dönem daha koltuk teslim edildi. Fakat Ahmedinejad sonraki dört yılın hakkını veremedi. Enflasyon aldı başını gitti, yolsuzluk ayyuka çıktı, Ahmedinejad memleketin direksiyonunu kontrol edemedi. Dünyanın en büyük üçüncü petrol rezervi, en büyük de dördüncü petrol rezervine sahip İran'da enflasyon alır başını gider, işsizlik tavan yaparsa insanlar söylenmeye başlar tabii. Öyle de oldu. Her ne kadar devlet asla ekonomiyle ilgili doğru rakamları vermese de, baş aşağı giden bir ekonomi sokakta hissediliyor. Muhafazakârlar Ahmedinejad liderliğinde batırınca, 2013'te solun iktidara gelmesi kaçınılmaz oldu. Ama Yeşil Yolcular, fitneciler diye damgalanmıştı bir kere. Resmi söylemde artık Musavi ve destekçilerinden böyle bahsediliyordu "fitneciler". Bu hareketin İran siyasetine geri dönüş şansı yoktu. Bu hareketin yeniden siyaset sahnesine geri dönmesi, Hamaney'in havlu atması anlamına gelirdi ki olacak iş değildi.

Bu durumda, sistem yeni bir sol yarattı. Yeşil yerine mor renk kullanılmaya başlandı. Sloganlar benzerdi, yüzler farklıydı. Musavi, Kerrubi ev hapsindeyken yerlerine hukukçu bir adamı olan Hasan Rohani getirildi. 2013 seçimlerini de Tahran'da takip etme şansım oldu. Sokaklarda yine aynı gençler vardı. Yine tıpkı 2009'da olduğu gibi, sosyal medya üzerinden haberleşip örgütleniyorlar, bu sefer yeşil yerine mor eşarplarla mitingler düzenliyorlardı. 2009'daki gibi coşkuluydular; coşkulu ve heyecanlı, 2013 seçimlerini ruhani kazandı. Ya da daha doğrusu şöyle diyelim kazanabildi, kazanmasına izin verildi. 2009'da çok ağır darbe alan ve incinen sol seçmenin 2013'te morali düzeldi. Peki, gerçekten kazanmışlar mıydı?

Hak aramak, baskıcı rejimlerde çoğu zaman kabul edilemez bir günahtır. Ağanın sözünün üzerine söz olmaz misali, seçim sonuçları konusunda haksızlık olduğu konusunda ısrarcı olan iki tecrübeli politikacının defteri dürüldü. Şeriatın kestiği parmağa itiraz hakkı totaliter rejimlerde yoktur, sistem sorgusuz sualsiz, Musavi ve Kerrubi'yi âdeta "medeni ölüler" haline getirdi.

İran'da çizgiler bellidir. Muhalefetin söyleyebilecekleri sınırlıdır, siyasinin hareket alanı da öyle. Baskıcı rejimler asla gerçek muhalefete izin vermezler. Olsa olsa bu sistemlerde muhalefet diyebileceğimiz bir siyasetin imitasyonu mevcut olabilir. Şer'i çizgiden hiç kimse İran siyasetinde çıkamaz. Çıkmak istediği an sistemin dışına atılır. Siyaset yapmasına izin verilmez, anayasayı koruyucular konseyi adaylıklarını onaylamaz. Yayın yapmasına izin verilen medya bu kişilerin demeçlerine asla yer vermez, sesleri duyulmaz olur. Eski cumhurbaşkanı Hatemi, 2009 sürecinden sonra basın tarafından bir daha hiç görülmedi, hiçbir açıklamasına yer verilmedi. Rejim dışı medya üzerinden siyaset yapmayı sürdürmek isteyenin ise bir süre sonra kendisini yurt dışına atması gerekir.

2009'da reformistler kazansaydı, aslında 2013'te kazanan Ruhani'nin yaptıklarından daha farklı bir şey yapamayacaklardı. Reformistlerin iktidarında da ekonomi Devrim Muhafızları'nın elinde, rejim karşıtları asılıyor, ahlak polisi sokakta kadınları hırpalıyor. Ruhani ancak zaman zaman söylem bazında çıkış yapabiliyor. Hamaney ve temsil ettiği rejim, 2009'da rejim içi muhalefete bir ders verdi. Neyin ne kadar söylenebileceğini yeniden hatırlattı. Reformist hareket, Hamas'a bu kadar destek vermeyelim. Lübnan'la uğraşacağımıza kendi işimize bakalım, Türkiye ile itişeceğimize daha fazla geçinmeye bakalım diyemezdi. Musavi bunları diyordu, sonu ev hapsi oldu; rejim ise çizgi tazeledi. Arada bir siyasinin çıkıp ahlak polisi bu kadar fazla kadınlar üzerinde baskı kurmamalı demesi tolere edilebilir ama mesele ahlak polisinin yetkilerinin daraltılmasına giderse rejim o noktada kırmızı kart gösterir.

Muhalefet İran'da kazanamaz çünkü öncelikle var olamaz, muhalefet ancak rejimin kullanabildiği kadar vardır. Muhalefetin söylemini de rengini de eninde sonunda sistem belirler, aykırı olanlar ya yok sayılır ya da yok edilir. Gerçek reformistler bu sistemde her zaman kaybedecek zira rijid yapılar eğilip bükülemez, bükülmeye kalkarsa kırılır. Rejim bükülmemek için içindeki muhalefeti her zaman bükecektir. Yeşil gider mor gelir; mor da yeri gelir koyu kalırsa onun yerine pembesi getirilir.

Yerli yabancı, basın mensupları Tahran İmam Humeyni havaalanında toplandık. Havaalanı hareketli, güvenlik önlemleri alınmış, hazırlıklar yapılmış. Önemli biri bekleniyor. Nükleer mühendis Şehram Amiri. ABD'den İran'a dönüyor. İran için kahraman mı, hain mi, orası henüz muallakta.

Ama o zamanlar İran'ın nükleer çalışmaları açısından acayip zamanlar. Henüz İran'ın nükleer çalışmaları konusunda bir anlaşma sağlanamamış. İran uranyum zenginleştirmeye devam ediyor.

Batı da bu teknolojiyle İran'ın nükleer başlık üreteceğinden endişe edip, İran'a yaptırım uyguluyor. İran'a yaptırım uygulanması konusunda propagandanın başını çeken İsrail. Hatta İsrail lideri Benjamin Netanyahu, Birleşmiş Milletler Güvenlik Konseyi'nde İran'ın uranyum zenginleştirme programını kocaman bir kâğıda bomba çizerek dünyaya anlattı.

Sağcısı, solcusu, dincisi, seküleri bütün İranlılar bu konuda kalben birlikte. Madem İsrail'in, Pakistan'ın nükleer silahı var bizim neden olmasın diye düşünüyorlar. İran'la 2009 yılında yapılan nükleer anlaşma açıkçası saçma sapan İran tarafından kabul edilemeyecek şekildeydi. Uranyum zenginleştirmede kritik eşik, yüzde 20 eşiği. Yüzde 20'ye eriştikten sonra yüzde 90'a ulaşmak çok kolay, sonra da füze için nükleer başlık üretmek mümkün. İsrail İran'ın bu noktaya erişmesi durumunda kendisine nükleer saldırı düzenlediğini iddia ediyor, dünyayı ikna etmekte de zorlanmıyor, zira İran rejimi, garip çocukça İsrail karşıtı tehditvari açıklamalarını sürdürerek aslında bu konuda İsrail'in ekmeğine yağ sürüyor.

Ama sonuçta Obama'nın sopa-havuç siyaset yıllar içinde işe yaradı. Ambargolar bizi yıldırmaz diye savurmak kolay, kolay olmasına da, ambargolar elbette yıpratıyor. Sokakta kime sorsan, aman şu ambargo kalksın da ne olacaksa olsun artık bıktık diyor.

Fakat bahsettiğim dönem, henüz bir anlaşmanın sağlanmadığı dönem. İran uranyum zenginleştirmeye devam ediyor. Dünya televizyonları İran, İsrail'i vurur mu, vurmaz mı sabah akşam bunu tartışıyor. O dönem Türkiye'nin Dışişleri Bakanı da Ortadoğu konusunda pek bir cevval olan Ahmet Davutoğlu. Zaman zaman düşük profilli, zaman zaman yüksek profilli habire İran'a ziyaretler düzenliyor, meselede arabulucu olmak istiyor.

Bir ara o kadar sürekli İran'daydı ki Davutoğlu, İranlı gazeteciler, sizin bakan Ankara'dan çok burada, diye dalga geçiyorlardı.

Bu dönem çok sık görülen olaylar serisi İran'ın nükleer faaliyetleri ile ilgili çalışan bilim adamlarının öldürülmesiydi. Mühendisler, profesörler arabalarına yerleştirilen bombalarla havaya uçuyordu. Bilim insanlarından bir tanesi, evinden çıktığı sırada yolun karşısındaki motorun infilak etmesi sonucu yaşamını yitirmişti. Bu zaman zarfında en az beş bilim insanı bu şekilde öldürüldü.

Bu cinayetleri kim işliyordu, bu sorunun yanıtı yoktu. İran bilim insanlarını İsrail gizli servisi MOSAD'ın hedef aldığını söylüyordu. Tabii İranlılar televizyondaki bu haberleri izledikçe şunu da soruyordu, madem bu kadar yenilemez bir ülkeyiz, Hamaney her seferinde İran'ın İsrail'i bir hamlede alt edebileceğini söylüyor, o zaman nasıl oluyor da İsrail gizli servisi, İran'ın ta kalbine, başkentine sızabiliyor, Tahran'a kadar gelip bu bilim insanlarına suikast düzenleyebiliyor?

İran "Siyonist rejim" karşısında zayıf görünmek istemezdi. Devrim muhafızları komutanlarından Bagheri, 2015 senesinde, İsrail'in bilim insanlarından birine gerçekleştirmeye çalıştığı suikasti engellemeye çalıştıklarını açıkladı.

İsrail'e de sorsanız bu cinayetleri İran kendi işliyordu, nükleer programıyla ilgili çok fazla şey bilen isimleri İran devleti bilerek ortadan kaldırıyordu.

Gerçek hangisi kim bilir, ama Amerikan televizyonu CBS'nin haberine göre Amerikan Başkanı Obama, İsrail ile temasa geçerek İsrail'den bu suikastlere son vermesini istedi.

Shahram Amiri öldürülmedi, ortadan kayboldu. Daha doğrusu, 2009 yılında yanına ailesini almadan Hac'ca gidiyorum diye yola çıktı, gidiş o gidiş. Daha sonra ABD'de görüntüleri ortaya çıktı. Şehram Amiri Washington D.C.'de Pakistan büyükelçiliğine sığındı. Amiri CIA tarafından kaçırıldığını, İran'ın nükleer programıyla ilgili bildiklerini aktarması için tehdit edildiğini söyledi. Amerika ise Amiri'nin elindeki bilgileri kendileriyle paylaşması karşılığında beş milyon dolar ve elbette Amerika'da ikâmet hakkı istediğini iddia etti.

Kamuoyu Amiri'nin adını bu olayla duydu aslına bakacak olursanız. Ne kadar yüksek düzeydeydi, elinde ne kadar bilgi vardı kim bilir. Amiri bir akademisyendi, basit bir üniversite hocası olduğunu söyledi ama İran'ın olay karşısındaki tutumuna bakınca muhtemelen bundan fazlası olduğunu anlıyoruz.

Amiri İmam Humeyni havaalanında, görüntüde kahraman gibi karşılandı. Ailesi getirtilmişti. Karısı ve annesi ağlıyordu, küçük bir de çocuğu vardı. Amiri merdivenin başında görünür görünmez, alan hareketlendi. Görevlilerle birlikte Amiri yürüyen merdivenlerden inmeye başladı, ailesine el salladı, şaşkın gibiydi ve terliyordu. Boynuna çiçekler astılar, mikrofonları önüne dizdiler. Ben basit bir bilim adamıyım bir şey bilmiyorum, kaçırıldım, dedi. Konuşurken boncuk boncuk terliyordu, başına gelecekleri muhtemelen tahmin ediyordu. Ailesi de döndüğüne sevinmişten çok tedirgindi.

2016 yılında Amiri asılarak idam edildi. Boynunda urgan iziyle naaşı ailesine teslim edilmişti. Bir yargılama oldu mu kim bilir, muhtemelen olmamıştır ama sorgulama olmuştur. Amiri 2010 yazında Tahran'a döndü, 2016 yılında asıldı. Yani altı yıl boyunca cezaevindeydi. Muhtemelen korkunç bir altı yıl yaşadı.

Amiri İran'a döndüğünde, gazeteciler arasında dolaşan söylentiler aslında Amiri'nin dönmek istemediği, ABD ile anlaşıp ailesini de oraya aldırmaya çalışacağı şeklindeydi. Ama Amiri'nin evindeki hesap çarşıya uymamıştı. ABD'de olduğu ortaya çıkınca, söylentilere göre rejim, Amiri'nin ailesini tehdit etmiş, Amiri dönmediği takdirde ailesinin başına hoş olmayan şeyler geleceğini söylemişlerdi. Elbette bu söylentileri yüzde yüz doğrulatma imkânım hiç olmadı. Ama şu bir gerçek ki Şehram Amiri ilk ve tek değil. Belki çok şey bildiğin için öldürüleceğinden korktu,

ABD'de hayatını sürdürebileceğini düşündü; ya da sadece normal bir hayat istedi. Minik çocuğuna normal, umut dolu bir gelecek; stres ve korku içinde değil, rahat huzur dolu bir yaşam. Bildiklerimi satarım sonra da küçük sıradan bir hayat kurarım diye düşündü. Zira bu tip baskıcı rejimlerde titrin de olsa paran da olsa aslında hiçbir zaman huzur yok. Her zaman diken üstünde bir yaşam. Hiçbir zaman da hayat ve huzur garantisi yok.

Benzer bir hikâye İranlı pilot Binbaşı Ahmet Rıza Khrosravi'nin hikâyesi. 39 yaşındaki pilot defalarca istifa etmeye çalışıyor, istifası kabul edilmeyince sınırdan Van'a geçiyor ve sığınma talebinde bulunuyor. Khosravi'ye Türkiye sığınma hakkı veriyor, Türkiye BM anlaşmalarına düştüğü şerh uyarınca doğudan gelen mültecilere sığınma hakkı aslında vermediği için üçüncü ülkeye naklini bekliyor. Khosravi'nin hikâyesini gazetelerden okuduk, haber oldu, Türk basını çarşaf çarşaf yazdı. Rejim önce Khosravi'nin İran'daki ailesini tehdit etti, sonra da Khosravi'yi kaçırmak için İran Van'a iki ajan yolladı, bu ajanlar da yakalandı ve mahkemeye çıkarıldı. Khosravi de İran'a "Beni artık rahat bırakın bırakmazsanız İsrail'e kaçacağım," diye feryat etti. Hatta bu feryat ettiği röportajı da bir İsrail gazetesine verdi.

İnsanlar kariyerlerinde ilerlemelerine rağmen, geleceklerine dair umut kalmadığında, içinde yaşadıkları sisteme dair inançlarını yitirdiklerinde çekip gitmek istiyor, bu kadar basit. Çünkü kaldıklarında yapabilecekleri bir şey yok. Sadece bir hayatları var ve bu biricik, hayatta da başkalarının deliliklerini tatmin için geçip gidiyor.

Başka benzer bir hikâyede yine kapı Amerika Birleşik Devletleri'ne çıkıyor. Devrim Muhafızları'nın üst düzey isimlerinden bir tanesi her şeyi bırakıp ABD'ye gitti. Şimdi Washington D.C.'ye yakın Virginia'da mutfaklara tezgâh üretiyor. Hatta işin acayibi müşterilerinin çoğunu Amerikalı bürokratlar oluşturuyor. Hayat işte ironilerle dolu. "Aman boş versenize," diyor eski komutan "huzurum yerinde çocuklarımla bol vakit geçiriyorum." Ve elbette çocuklarım bir dizi hurafe öğretilen garip kurumlar yerine normal bir okula gidebiliyor, beyni yıkanmıyor, bilgi ediniyor. İyi bir üniversiteye gidip, sakin ev normal bir hayat sürme şansı yüksek. Bunları İran'da gerçekleştirmek çoğu zaman mümkün olmuyor.

Baskıcı rejimlerin elindeki insan kaynağı dâhil, kaynaklarını tüketmesi için çoğu zaman dışarıdan bir müdahaleye gerek kalmıyor aslında. Katı olan her şey buharlaşmaya mahkûm çünkü. Baskı, oligarşi, verimsizliği, verimsizlik, mutsuzluğu getiriyor. Baskıcı rejimler ellerindeki en iyileri hep kaybediyor. En iyiler daha insanca bir yaşam için hak ettiklerini alabilecekleri yerlere gitmeyi tercih ediyorlar. Ülkelerinde kapasitelerinin yarısı ile bile çalışamayan nice insan, Amerika'da Avrupa'da çalışıyor, çünkü özgürlük ortamı üretimi besliyor, insanları daha yaratıcı kılıyor. Baskıcı rejimler ülkeleri kanser gibi içten içe kemiriyor; yavaş yavaş öldürüyor. Diktatörler, en iyisini ben biliyorum, ülkem için en doğrusunu ben düşünüyorum, derken aslında, minik bir serçeyi elinde sıkıp istemeden öldüren çocuk gibi; sıka sıka kendi ülkelerini öldürüyor.

ALLAME-İ CİHAN DA OLSAN YENEMEZSİN DEVLETİ

Hani "Allame-i Cihan" olmak diye bir lav vardır ya, işte o söz ulemadan gelir. Ulemanın tekili allame. Din bilgini demek. İran'da dinin vatandaşın hayatındaki rolünü aslında ne iyi o cadde anlatır. Tahran'ın kuzeybatısındaki yeni semtlerden biri Saadet Abad, genç çiftler, çekirdek aileler tarafından tercih edilir. Yeni modern apartmanlarla bezelidir; yüksek, lobisi olan lobisinde de görevlilerin durduğu apartmanlar. Semtin en havalı caddesinin adı Alleme'dir ama gelin görün ki, hiç de öyle uhrevi bir havası yoktur. Kentin en havalı pizzacılarından birisi bu caddedir mesela, gençlerin piyasa yapmak için geldiği restoranlardan biridir. Havalı birkaç coffee shop vardır. Coffee shopları çok sever İranlılar. Gençler gelir, uzun uzun oturur sohbet eder, genellikle de kahveden başka her şey içilir. Kızların başörtüleri olabildiğince geriye itilmiştir Allame caddesinde. Eski, seküler orta üst sınıfın oturduğu yer değildir Saadat Abad yenidir, rejim palazlandıkça bu rejimde başka kesimler para kazandıkça yeni eli yüzü düzgün konut ihtiyacından doğmuş bir semttir. Yenidir ve rejimdir yani. Allame caddesi de işte tüm bu semt atmosferiyle, adıyla sanıyla, üzerinde salınan, burnu dudağı estetikli, saçı sarı balyajlı kızlarıyla cuk da oturur buraya.

Türkiye'ye de dizi olarak uyarlandı. İran'da ulemayı yönetmen Tebrizi'nin Marmulak, kertenkele isimli filmi çok güzel anlatır. Tırmanma kabiliyeti çok yüksek olan bir dolandırıcı cezaevinden kaçar, yakalanmamak için molla kıyafeti giyer. Kıyafetle beraber dolandırıcıya bütün yolları bütün kapılar açılır. Elbette bunlar daha devrimin görece ilk yıllarıdır, molla sokaklarda saygı görür. Sonunda kendini bir sınır köyünde bulur, köylüler sahte mollayı bağırlarına basarlar, sahte molla kadın erkek ilişkileri konusunda alışılmadık fetvalar verir, izleyiciyi güldürür.

Ulemanın konumunu aynen zaman zaman böyle traji komiktir aslına bakacak olursanız. Bazen sıkışık trafikte gezinen genç mollalar görürsünüz, para karşılığı sighe belgesi dağıtacak adamlar ararlar. Sigheyi biz Türkiye'de mut'a nikâhı diye biliyoruz. Günlük nikâh, isterseniz bir günlük isterseniz üç aylık alabiliyorsunuz. İran-Irak savaşı sonrası erkek nüfusu ciddi ölçüde azalınca yaygınlaşmış. Sighenin yapıldığına dair belge kadında duruyor ve kadın istediği zaman yırtıp atabiliyor. DNA testlerinin olmadığı zamanlarda kadınlar hamile kaldığında çocuğun kimden olduğunun belirlenmesi için muhtemelen başlamış bir uygulama. Şimdi orta sınıf gençler beraber gezip eğlenmek istedikleri zaman da bu belgeyi alıveriyorlar, başları ağrımıyor.

İran'da şu hâlâ bir gerçek, karşı cins birisiyle arabada giderken, ya da bir cafede restoranda otururken İrşad Polisi ya da Devrim Muhafızı'nın teki gelip, bu kişi senin neyin oluyor diye sorabilir. Akraban değilse, neden birlikte aynı ortamdasınız sorularına maruz kalabilirsiniz, başınız ağrıyabilir. Bunlarla karşılaşmamak için sighe yapan gençler oluyor. Mollalar para karşılığında bu gençler beraber gezsin tozsun eğlensin diye bol keseden sighe nikâhları kıyıveriyorlar, iş eninde sonunda paraya bakıyor. Ulema, rejimin hiç de hazzetmediği batı tarzı bu kadın erkek ilişkisine para karşılığı islami bir kulp takıveriyor. Gençler için bazen bu işe yarıyor.

Rejimi sarsan ilk sert eylemler 2000 yılındaki öğrenci eylemleriydi. Belki o meşhur fotoğrafı hatırlarsınız. O fotoğraf olayların sembolü oldu. Ağzı yüzü kanlar içinde ayakta bir genç, yüzünde acıdan çok şaşkınlık ifadesi var. O yıllarda öğrenci eylemlerinde, hedeflerden biri mollalardı. Gençler, bazıları hâlâ diyor, molla takımına karnabahar kafalılar diyorlardı. Bu kişilerin imtiyazlı olduklarını, rejimin kaymağını yediklerini düşünüyor, rejimin baskıcılığından da mollaları sorumlu tutuyorlardı. O dönemde sokaklardaki mollaların başlarındaki sarıklara yönelik eylemler vardı. Gençler mollaların kafasından bu sarıkları çekip alıyor, Tahran'da yolların kenarında tepelerden aşağılara doğru akan su oluklarına sarıkları çalıveriyorlardı. Sokaklarda mollalar ve üniversiteli gençler arasında arbede vardı.

2009'a kadar işler değişti. Mesela Ahmedinejad dönemi ne fazla mollanın hapse atıldığı dönem oldu. İktidarı paylaşmak kolay bir şey değil. Mollalar da siyasiler gibi bölündü. Bir kısmı Ahmedinejad'la beraber, rejimin bu yeni halinin Humeyni'nin yolundan saptığını düşündü, mevcut muhafazakârlardan ayrıştı. Kimi daha Hatemici bir çizgideydi. Yani molla olmak ulemadan olmak sistemde güç için yetmez hale geldi.

Ulema'dan dokunulmaz diyebileceğimiz on küsur kişi var. Şii dünyası bu anlamda Sünni dünyasından daha organize. Ya da aslında Şiizmde bir ruhban sınıfı var. Şii din adamının gelebileceği en yüksek mertebe Merce-i Taklid mertebesi. Anlam zaten kelimenin kendisinden çıkıyor, o kadar temiz, akıllı ve Allah yolunda bir kişi olacaksınız ki, insanlar sizi taklit edecek. Bir tür örnek kul yani. Merce-i Taklid olmak kolay değil. Şiizmde malum iki güç odağı okul var; biri İran'daki Necef, diğeri İran'daki Kum kenti, ulema Merce-i Taklid olacak kişiyi seçiyor. Elbette aslında tüm bu mertebeler siyasi pozisyonlar. Ölen Merce-i Taklid'in yerine reformistlere mi yakın biri seçilecek yoksa muhafazakârlara mı, bu ölümcül bir mesele. Irak'ta Merce-i Taklid Sistani'nin siyasi duruşunun etkisini Amerikan işgali süreci ve sonrasında gördük. Sistani'nin Amerikalılara karşı tutumu yumuşaktı, açıkçası ufak tefek meselelerde Amerikalılar üzerinde sözüyle ricasıyla yaptırım gücü de vardı. Süreç boyunca da Amerikalılarla arası iyi oldu. Yeni kurulan Irak hem siyasi, hem de askeri olarak bir Şii ülkesi oldu.

İran'ın dinî Rehber'i Hamaney, din adamından çok askerdir bana sorarsanız. Şii din adamlarının mertebesi risale yazdıkça, yani içtihat çalıştıkça yükselir, Hamaney'in risaleleri tartışmalıdır. Merce-i Taklid olabilmesine imkân yoktur ama hiçbir Merce-i Taklid'i de karşısına almak istemez.

İran siyaseti, bu anlamda da dengeler bütünüdür. Birbirinin kuyruğuna basmaktan imtina eden güç odakları bir anlamda kendi dükalıkları içinde iktidarı paylaşırlar, ta ki sistemin dışına atılana kadar.

Kum kenti mesela hiç de uhrevi görünümlü bir kent değildir. Son imam, Şii inanışına göre de kıyamet günü dönecek olan İmam Zaman'ın düştüğü kuyu aslında Necef yakınlarındaymış ancak tabii Necef İran değil Irak sınırları içinde kaldığı için ulema Kum yakınlarında alternatif bir kuyu bulmuş. Ulemada çare tükenmiyor malum. Irak'a gidemeyen burada kendisine göre hacı olabiliyor.

En uhrevi görünümlü yer İmam Reza'nın mezarının bulunduğu Mehşed bana göre. Kum ise yeni yapılmış çirkincene plazamsı binalarla dolu bir kent. Bu plazamsı yerler Mollaların ofisleri.

İran devleti ulemaya Türkiye gibi maaş vermez, biraz onun için de gençler mollalar kapı kapı gezip sighe nikâhı isteyen olur mu diye bakınır belki de. Mollalar bağış alırlar, başka işler yaparlar. Kum'da da mollaların çalışma alanları küçük plazalar gibidir. Sekreterleri vesaire tıpkı herhangi bir işyeri gibi mevcuttur. İnançlı İranlılar gün boyu mollaların bu ofislerini ararlar dinen kafalarına takan soruları sorarlar, laik İranlılar, "Hüdailer" yani "Allahçılar" sabahtan akşama seks sorar diye dalga geçer. Biraz haklılık payları da vardır. Nedense bu cinsellik meselesinin detayları vatandaş tarafından dinen pek merak edilir. Devrimin ilk yıllarında, televizyonda tartışılan o meşhur hikâye hâlâ anlatılır. Yataklı trende, teyze üstte yeğen altta yatıyor, tren kaza yapıyor, teyze işte nasıl olursa yeğenden hamile kalıyor. Caiz mi değil mi meselesi epey televizyonda tartışılmış, devrimin ilk yıllarını yaşayanlar bunu hâlâ hatırlar ve anlatırlar.

Bir de meşhur Mersin balığı meselesi vardır. Hazar Denizi'nin meşhur balıkları malum Mersin balıkları, hayvanları altın değerinde. İranlılar bu balığı tüketmeye çok sıcak bakmıyorlardı zira bu balık pulsuz bir balık. İslama göre pulsuz deniz mahsulü tüketmek mekruh. Ulema balıkları incelemeye alıyor ve bu balıklarda az da olsa pul bulunduğunu tespit ettiklerini iletiyor. Mersin balığı meselesi de böylece çözülmüş oluyor. İranlılar çok fazla balık tüketmeyi seven insan değiller, damak tatları daha çok kebaptan yana ama bazen nevruz sofralarında bu balığa yer verilir.

Din adamları sınıfı İran'da rejimin bir parçasıdır kuşkusuz, ama devlet yeri gelince ulemadan büyüktür. Şeriat'ın bir hukuk sistemi olması nedeniyle hükümdarı ve iktidarı yeri gelince sınırlayacağı bazen iddia edilir, bana göre İran'da durum bu değildir. Kendi kendisine kutsiyet atfeden devlet ulemanın da üstündedir.

SİSTEM *ROLEX* SEVMEZ

İnanç sistemleri toplumlarla ilgili bir şey anlatıyor. Protestan ahlakı anlamadan Amerika Birleşik Devletleri'ni anlamak nasıl imkânsızsa, Şii bakış açısının anlamadan İran'ı anlamak da zor.

Sanki sonsuz, hiç bitmeyecek bir acı yüklenmiş bu topraklara; Kerbela'nın ağırlığı her yere sinmiş. Bu gelenek üzerine inşa edilen bir de acı ve yas rejimi İran rejimi aslında. Güler yüzlü değil, acılı ve öfkeli. Rejimin Kerbelası ise İran-Irak savaşı. Tahran'ın daha eski olan güneyi, bu savaşın ağırlığından sanki hiç kurtulmamış. Apartmanların üzerine hep resimler çizer İranlılar, kenti böyle süslerler. Tahran'ın merkezinde bütün apartmanların üzeri Irak-İran Savaşı şehitlerin resimleriyle bezeli. Savaşta gencecik yaşta ölüp gitmiş oğlanlar. Bütün Tahran hâlâ onların yasını tutuyor. Sokakların isimleri de şehitlerin isimleri, sanki bu kentte, daha doğrusu kentin bu bölgesinde gülmek eğlenmek ayıpmış gibi geliyor. Ölüm üzerine, ölüler üzerine kurulmuş olan bir sistem bu. Devlet hüzün üzerinde yükseliyor, güler yüzlü değil burada sistem, acılı ve öfkeli.

Kentin kuzeyinin çehresi daha farklı. Kuzeyde belediyenin yaptığı resimlerin karakterleri bile adım adım değişiyor, soyut heykeller var meydanlarda, apartmanların üzerinde doğa resimleri. Kuzeye gittikçe kentin üzerindeki hüzün bir nebze kalkıyor. Ne var ki çehresi yumuşasa da sistem yine aynı. Fazla neşe, güzellik, zenginlik hoş görülmüyor bu sistemde. Kimse sana yasak demiyor belki ama atmosfer hatırlatıyor. Şıklık iyi bir şey değil. Devrimi yapanlar arasında yeşil sosyalistler de vardı malum. Mir Hüseyin Musavi mesela onlardan birisiydi. Sistemde bir parça bunun da hâlâ etkisi var, en azından biçim olarak. Köküne kadar ahbap çavuş kapitalizminin etkisinde İran aslında ama, eşitlikçiymiş gibi görünmek, rejimi ayakta tutan unsurlardan bir tanesi.

Devrim sürecini yaşayan İranlılar hep anlatır, devrim öncesi ve sonrası hitaplar değişmiş mesela. Şah rejiminde kullanılan "Agaye Cenaplar" kalkmış yerine "Biraderler, bacılar" gelmiş. Bir eşitlik, eşitlikçilik iddiası var rejimin. Göstermelik de olsa...

Varsıllar hep yüksek duvarlı evlerin ardında oturur İran'da. Hem mahremiyet, hem de hoş görülmeyen zenginliği saklamak için. Çok şıkır şıkıdım giyinip en son model arabayla sokaklarda salınmak iyi bir şey değil. Hem tepki çekersin, hem de ilgi; ilgisini çekmek istemeyeceğin insanların ilgisini hem de.

Tahran'ın kuzeyinde, bir akşam yemeğine davetliyim, davet sahibi iş adamı Türkiye ile iş yapıyor, ithalat-ihracat. Son derece zarif bir aile. Eşinin uzun beline kadar kıvırcık saçları var, orta yaşlarına yaklaşmış, sade şık giyinmiş. Adamcağız zaten prens gibi. Gömleğinin ütüsünden, altına giydiği kanvas pantolonundan zariflik akıyor.

İranlılar, Yunanlılar gibi akşam yemeklerini geç yerler. Hele hele bir evde yemeğe davet edildiysen, gece yarısından önce sofraya oturamazsın. İran kültüründe yemeği erken servis etmek ayıp sayılıyor, hemen ye de git der gibi. Onun için yemek davetlerinden önden antremsi şeyler servis ediliyor. Meyveler, küçük mezeler gibi. Mezelerle oyalanırken, ev sahibi beyefendi bize saat koleksiyonunu getirdi. Çeşit çeşit JWC'ler, Rolex'ler. Meğer saat merakı varmış. Günlük hayatında takmıyor, takamıyormuş. Çünkü devletle iş yapması gerekiyor. İyi saat takmak işleri hızlandırmıyor, yavaşlatıyor diye anlattı. Eğer bir bürokratla görüşeceksen, gıcır gıcır boyalı ayakkabı sakız gibi gömlek hiç iyi bir etki bırakmaz. Hafif kırışmış bol bir pantolon, namazdan kırışmış havası da verilebilirse eğer çok daha fazla işe yarar.

Sabah devlet dairelerinde ya da sokaklarda böyle görünen adamların akşam hallerini tanıyamazsınız bazen. Bu tür sistemler insanı ikili yaşama ve yalana söylemeye itiyor. Hayatta kalmak için olmadığın biri gibi davranmak gerekli çoğu zaman. Kamusal alanda sistemin istediği insan, mahreminde esasen olduğun kişi...

Çeşit çeşit ev partisi var İran'da. İşte kimi az önce bahsettiğim gibi, zarif bir ailenin verdiği şık bir yemek, kimi daha hareketli müzikli danslı. Ne kadar çok para harcanıyorsa elbette parti o kadar hareketli oluyor. İran'da para rejimde; din adamlarında ya da askerlerde, rejimle anlaşabilen iş adamlarında. Dolayısıyla en havalı ev partisine en tahmin etmediğiniz yerde, kişide rastlıyorsunuz.

Ev partisi denince Tahran gecelerinin bıçkınlarından biriydi Mohsen Rafsancani. Bildiğimiz Rafsancani'nin oğullarından biri. Tahran metrosunu da yapan yüklenici, hatta bu projede usulsüzlük yapıldığı iddialarıyla seçimden sonraki süreçte de çok başı ağrıdı. Sistem içindeyken yolsuzluk, usulsüzlük sistem tarafından pek tabii tolere edilebilir, sistemin dışına çıkıldığı an işler değişiyor. Baba Rafsancani seçim sonrasında Musavi'nin arkasında durmakta ısrar etmeseydi muhtemelen Tahran metrosu meselesi de asla gündeme gelmeyecekti, meşhur ev partileri de sürüp gidecekti. Bazen ilkeler kaybettiriyor.

Mohsen Rafsancani'nin partisi bir gazeteci için eğlenceden çok iş. Davet edilince her şeyi iptal edip koşa koşa gittim. Parti evi diyebileceğim daire, Tahran'ın kuzeyinde havalı bir rezidansta, girişinde rezidans görevlileri karşılıyor, sizi daireye yönlendiriyorlar. Daire bir bar olarak dizayn edilmiş, tavandan parıltı bir disko topu sarkıyor. Salonun ortasında uzun bir bar, barda da bir barmen var, isteyene kokteyller hazırlıyor, isteyene pahalı viskilerden koyuyor.

Üzerimde uzun bir gömlek ve jeanle söz konusu partiye gittim ve elbette en sakil duran bendim. Ev partilerinin meşhur mini etekli kızlarından bolca vardı. Kimileri dans ediyor kimileri salonun ortasında duran bilardo masasında bilardo oynuyordu. Dünyanın herhangi bir yerinde görebileceğiniz havalı, pahalı malzemelerle döşenmiş bir bardı burası. Piyasadan tanınan kimi iş adamları vardı partide, genç erkekler vardı. Muhtemelen pek çoğu devrimden nemalanmış din adamlarının çocukları.

Mohsen Rafsancani evli, karısı çocukları var. O tarafta son derece muhafazakâr, sisteme uyumlu bir hayatı var. Kameralar önündeki Mohsen ve buradaki Mohsen iki farklı insan.

Tahran'ın kuzeyindeki havuzlu villalarda, içkinin su gibi aktığı, bazen uyuşturucunun da tepside geldiği çılgın partiler gırla. İşin ironik yanı bu sistemde öyle bir konutta ikâmet edebiliyor olmak için köşebaşlarından birini tutmuş olmak gerekiyor bu da ya devrimi yapanlardan biri olmayı ya da bu rejimle itiraz etmeden çalışabilir olmayı gerektiriyor. Davet edildiğiniz ev partisinin sahibi, nüfuzlu mollalardan birinin torunu çıkabilir mesela, ya da partilerdeki mini etekli kızlardan birinin babası sarıklı bir siyasetçi çıkabilir. Hatta bu tip içkinin su gibi aktığı partiler daha çok tam da bu sınıfın evlerinde olabiliyor, zira tüm bu abartılı eğlenme ve eğlendirme hali para ve imkân gerektiriyor.

Devrimin kaybedenleri sekülerlerin partilerinde ise bolca ev yapımı arak bulabilirsiniz. Karşılacağınız çok çok bir evin mütevazı salonunda ev yapımı içki içip İran popu eşliğinde dans etmek olabilir.

Kim gerçekten ne, bu tür sistemlerde bunu anlamak çok zor. Molla sarığı bazen "ayıpları" örtüyor, bazen de alındaki namaz taşı izi.*

* Şiiler namaz kılarken alınlarının altına namaz taşı koyuyorlar. Bu nedenle sürekli namaz kılanların alınlarında iz oluşuyor. Namaz gerçekten kılıyor musun, kılmıyor musun bu izden belli oluyor.